還不錯的老後

——他們這樣過生活

黃育清——著

一群人的老後3

推薦序

自主選擇老後居所，是成功老化的要素！

◎魏惠娟　博士
（國立中正大學成人及繼續教育學系教授、教育部樂齡學習總輔導團計畫主持人、國立中正大學高齡教育研究中心主任、國立中正大學高齡跨域創新研究中心副主任）

成功老化的退休生活，至少有五項重要的層面需要提早規劃準備，它們依序是：運動保健、生活安全、人際關係、心靈安適、居住選擇與臨終安排，後面兩項應該是最難決定的，特別是居住決定影響層面比較大，有時候也不是個人想要如何安排就能如願。另一方面，老年居住安排可以參採的非傳統模式也不多，多數人選擇繼續住在中年後居住的房子，沒有想到（可能也不敢想）萬一，要如何處理的問題。

根據衛福部民國一〇六年老人居住狀況調查，結果發現期待「和子女住在一起」的選項，無論是男性或女性，都超過五成，這是年長父母們最期望的居住安排，前項調查發現女性又比男性更期待和子女同住。雖然期望跟子女同住的父母，比例已經有下降的趨勢，但是，過去以來的調查，都有一個選項是：居住在機構，這個選項的調查結果，幾年來並沒有太大的變化。換句話說，無論是實際居住在安療養機構的老年人，或是期望入住老人安養機構的比例，都低於百分之二，顯然，這一個選項在老人居住狀況調查中，都是最不被選擇的居住安排，主要原因與本書作者所指出的現象有極大的關係：

大家一聽到我住在養老院，很多人都會露出奇怪的表情。「妳怎麼會去那裡住？」聽起來，「那裡」似乎不是個好地方。……好像住養老院是被兒女遺棄似的，很丟臉的樣子……

多數的人雖然表面不明說，可是內心免不了也有那樣的想法，若非兒女不孝，那一定就是老而無用才會住進養老院。

我個人由於做與高齡有關的研究，也開授樂齡生涯學習、退休準備課程，有機會分析學員的未來規劃資料，發現學員對於成功老化五個層面中的三個層面之規劃：健康、安全、靈性，都能夠有比較具體的構想與實質行動，但是，唯獨對於老後居住安排的問題，普遍沒有清楚的概念，雖然如此，對於住在機構，基本上多數人也是排斥的。

從二〇〇五年開始，只要有出國機會，我都會盡量把參訪養老機構納入行程，到目前為止，已經參觀過日本東京、名古屋，芬蘭，美國紐約、洛杉磯、明尼蘇達，以及中國北京等地各式各樣的老人之家。在台灣，我陸續參觀過位於台北市、新北市、嘉義縣市、高雄市、台南市的老人之家。這些養老機構各有特色，特別是國外的機構，其環境氛圍、整體規劃都非常吸引人，參觀了那麼多感覺相當「高級」的養老機構（其實，這些機構在當地，都還只是屬於一般的機構而已），我只有一個感覺是：想要入住養老機構，還真要有兩把刷子，沒有相當的財務規劃，還不一定住得起呢！

不過，可惜的是每一次參觀，都只限於硬體設備，以及管理策略的交流，沒有機會跟裡面的住民好好聊一聊。很高興能應邀拜讀黃育清女士的大作，讀後真是大開眼界。作者於二〇〇七年才六十餘歲時，決定與先生一同入住養老院（真是智慧的選擇），在與上百位長輩共同生活的過程中，透過敏銳的觀察，記錄老年社群中的各種樣貌，原來只是個人的隨筆紀錄（書寫，正是活躍老化的祕訣之一），最後竟累積成冊。

作者的文筆非常流暢，觀察十分細膩深入，文字充滿畫面，跟著她的故事走，彷彿看見爺爺奶奶、照顧服務者彼此相顧、互相扶持的溫暖，當然也有老人像小孩一樣大吵其架的熱鬧畫面，更有溫馨的黃昏之戀，養老院裡各種各樣的人都有，有善良的、有霸道的、有一聲不吭的、有喜好長篇大論的、有動不動教訓人的。其實，這些生活故事，跟住在社區中，不也一樣嗎？但是，住在社區，雖是比鄰而居，可能還不一定能如養老院的老人一樣交流頻繁，由於在養老院裡每天有機會見面、互動聊聊，又因為都住在同一個機構裡，反而具有相當的社群意識。這些平實又感人的生活故事，在作者流暢筆觸的敘寫下，栩栩如生，引人入勝，如歷其境，讀來的確可以體會作者所說的：「只要能夠聚在一起，就是幸福、忘憂的事了。」其中有一位奶奶因為腿傷而暫時搬到養老院，但是，最後，她卻捨棄一個人獨居於自己華宅的日子，決定正式入住機構，選擇與大家同樂，這位奶奶豪邁地說：「我當初的決定是對的，不然，我現在會是一個人在家裡，那有什麼樂趣啊！」

住在養老院究竟是喜樂或是哀愁？沒有辦法與兒女同住，是不是遺憾、難過的事呢？作者的回答真是有智慧，她說：

> 有朋友問我：「是每個人都像妳一樣快樂嗎？或者，也有不快樂的？」當然都有，不快樂的人理由也很多，連天氣都可能是原因，身體不舒服更是理由，膝蓋痛、腿腫、先生說話不中聽……。住在華廈也未必快樂，住養老院當然更有埋怨的理由。不快樂不是因為住的地點、住處的遠近、交通的方便與否。任何一件事，都會有快樂與不快樂兩面。

這一本書讀起來一氣呵成，不忍釋手，讀完之後，保證你也會很想去「拜訪」。如果你對於未來的居住規劃還沒有具體的構想；對於養老院，還是存有負面觀感；對於住在養老院裡面的人，仍然心存「憐憫」或「同情」，更不要錯過這一本書，它必會改變你對於養老院的刻板印象。配合閱讀本書，或許也可以開始把參訪養老機構當成是未來旅遊參訪的一站，樂齡生涯學習的經驗告訴我，提前構想並開始規劃老後的居住安排，是退休準備的重要一課。未來居住安排決定，也會影響個人對於財務規劃的想法與方向。不管如何，老後人生設計，總是愈早開始愈好！

作者序

活到老、學到老

◎黃育清

出版過兩本「老後」生活的書了，沒想到還挺受歡迎的，所以第三本的「老後」也要登場了。

第一本書的出版完全是意外，因為記錄了我們在養老院的生活，自己覺得有趣，而去印刷成冊，總共印了五十本左右，分發給女兒們、孫子們、文壇的少數好友，以及同住的好鄰居，真的只是覺得養老院生活有趣而已，沒想到好朋友琹涵把我送她的那冊送給了一位熟識的編輯靜惠，承蒙她的慧眼賞識，認為有出版的意義，於是《一群人的老後》誕生了。

經過十三年沒有出書的歲月，沒想到還會有這本「老來子」的出世，我的興奮真不是語言可以形容的。

書出版了，沒想到反應挺熱烈的，有人帶著書找我簽名，還擁抱了老後的我；有人向我買書，送給他過去的同事、過去的同學，讓我很擔心他破費太多。

不過我也很欣慰，好像有同感的老人不在少數，只是他們沒有握筆，所以看到我寫出了他們身體上的窘境、精神上的孤單，心靈上得到了安慰。

第二本《老後的心聲》在第一本出版後的七個月也出版了，有更多的朋友關心老年人的生活，有台灣居家服務策略聯盟、有新北市政府績優照顧服務員、有弘道老人福利基金會、有愚人之友基金會，以及撰寫與長照、醫療相關主題的作者，都紛紛表示他們的關心和想法，和前一本的推薦者成功大學老年學研究所的三位教授一樣，他們的推薦，讓更多人在這個題目上有更多的興趣和關懷。

第二冊比第一冊更引起注意，銷售成績不俗，還有幾次在暢銷榜上露了臉，讓我得到很大的鼓勵。最大的感動來自讀者，當有人說好喜歡這兩本書的時候，我好感謝他們，因為我們的想法是一樣的：「老了」還是有可愛的地方，「老了」並非一無是處，「老了」還是可以有學習、可以有進步。

更讓我欣喜的是一名已負盛名的謝女士，她讓我知道她對這兩本書「愛不釋手」。她說看了作品，更觸發了她許多的想法，她稱讚兩本「老後」，說那是打動人心的生命故事，讓我又愧又喜。

我所居住的養老院也給我很多支持和鼓勵。以前寫的書從沒有辦過發表會，出版了「老後」，他們幫我辦了新書發表會，這是我的新經驗。發表會在南港展覽館舉辦，這是院方給我的鼓勵，不能不叫我深深感動。

養老院裡住民很多，雖然我送出不少書，但也有被遺漏的，譬如平日少有往來的，不知道他對閱讀感不感興趣，還有人是專門愛好研究數理而較不熟悉文學的，這些人我都不敢貿然送書。院方肯定知道了我的難處，他們很快為我做了個決定，兩本新書發表過後，放回養老院大廳的櫃台上，宣告大家，要看的可以帶上樓去看，看完放回原處即可。謝謝大家，看過後都給我鼓勵、肯定，更感謝院方的用心良苦。

第三本書寫的還是「我們老人」，院內的居民、院外的老朋友都有，當然也難免會寫到自己的老態，例如記性愈來愈糟了，耳朵對低頻率的接收有因難了；剛起床時，明顯地走路不穩，甚至跌撞了等等。

有人問我，「為什麼那麼努力，一本接一本地寫呢？」不努力不行了，八十歲的老人，哪有多餘的歲月可以浪費？體力明顯退步了，記得的事瞬間就忘，不趕緊把它記下來，它就要逃走了，我怎麼能不勤快地記錄下一件件讓我感動的事呢？

目錄

目錄

輯貳・擁抱老身

輯肆・樂活安老

輯壹

忘齡相伴

快樂住民，我

近兩年，養老院住進來的新人，並不是眾所認定的老者了，有很多「年輕」的面孔，有的才剛過六十五歲，更多是七十歲的，好像與從前的觀念不一樣了。

大家一聽到我住在養老院，很多人都會露出奇怪的表情。

「妳怎麼會去那裡住？」聽起來，「那裡」似乎不是個好地方。

剛開始那幾年，我是能瞞就瞞的，好像住養老院是被兒女遺棄似的，很丟臉的樣子，又好像是老邁到沒用了才住養老院，聽起來也挺不舒服的。從此，我寄信給人，都不寫老人養護中心，而是寫街名寫門號，反正信件來往都收得到，為什麼非要標示我住在「養老院」？

有時候，從朋友家回來，時間

晚了，不得不叫計程車，我也只說門號，不說養老院，偏偏有的司機機靈得很，他說：「那不是一間很漂亮的養老院嗎？」

我無法抵賴，只好硬著頭皮說：「對，就是那間。」

這個時候司機往往會在後照鏡裡端詳我，弄得我渾身不自在後，他忽然說：「妳是去看親戚的吧！妳不老呀。」

有時候我老實招認，我就是住在那裡的，招認過後就後悔了。運將老大多半很好奇，像記者般發問個不停，「妳的小孩呢？」「妳沒有小孩嗎？」「妳住在那裡一個月多少錢？」「那裡伙食好不好？」「電視、冰箱都是公家的嗎？」直問到我下車給他車費，還意猶未盡地問：「房間有多大？有十坪嗎？」

後來我怕惹來太多關切，就不那麼直白了，司機問我是去探視的嗎？我便說是。免去了許多口舌，以及多餘的關心。

在朋友中，有時也會引來一些爭執，有人說：「她住養老院還不是為了可以不燒菜弄飯？」說得好像我多懶，懶到不肯煮飯，只好住養老院似的。也有人說：「住那裡不錯，先生年紀大了，她又時時往外跑，住在那裡，她可以放心。」這是了解我的人說的話。

住了多年，在日記裡不免記錄下一些人、一些事。由於從前的寫作習慣，又使我把它們記錄成篇，然後，篇數夠了，到了編輯們的手裡，文章就被印成了書。書出版後，很多朋友支持，說我寫養老院裡的事情都很正面、很陽光。也有朋友問我：「是每個人都像妳一樣快樂嗎？或者，也有不快樂的？」當然都有，不快樂的人理由也很多，連天氣都可能是原因，身體不舒服更是理由，膝蓋痛、腿腫、先生說話不中聽……。住在華夏也未必快樂，住養老院當然更有埋怨的理由。

不快樂不是因為住的地點、距離的遠近、交通的方便與否。任何一件事，都有正反兩面。

有一次，在報上讀到孫越叔叔的一篇短文，題目大概是「我會去住養老院」之類的。他說，他去住養老院的話，一定會把快樂帶給大家；他又說，快樂的人看凡事都是正面的、都是積極的。

我住養老院已經超過十年了，除了向陌生人難以啟齒外，其實我是適應且愉悅的。那時風氣也許還不能接受老人不跟兒女住而去住養老院的事實，所以我見到計程車司機，也不敢說實話。我是快樂的，但卻被別人認為這樣的生活是「無奈」的，我就瑟縮起來不敢大聲宣告了。

近兩年，養老院住進來的新人，並不是眾所認定的老者了，有很多「年輕」的面孔，有的才剛過六十五歲，更多是七十歲的，好像與從前的觀念不一樣了。

記得我初入住不久，同學、朋友紛紛來探望，順便參觀養老院環境和設施，也可能抱有一些好奇懷疑之心吧！表態的人不多，記得淑最贊成我們的入住。她說：「我會住養老院，我一定會去住，太好了嘛，什麼事都不用操心、什麼事都有人幫你……，我一定要住養老院的。」

站在我這邊，當然讓我很高興，我問她什麼時候要來住。猜猜看她怎麼回答？

她說：「應該是八十歲以後吧！」

那年，我六十七歲，淑跟我同年，她這一回答，又讓我孤立了起來。還好，樂觀的人總能忘掉所有的不快樂，只沮喪了一、兩天，我又快樂了起來。

你的眼、你的手

每週總有一次，我坐在室內等待洗頭，有人洗好了，有人才進去，都認識的，於是一片噓寒問暖，覺得心情愉快。

養老院一樓靠近餐廳的兩個房間是理髮室，一間是爺爺的、一間是奶奶的，兩位女性理髮師每週都會來院裡幾天，替爺爺剪髮、洗頭、刮臉，替奶奶剪、洗、燙、染，以及修剪指甲、上指甲油等等，每當理髮室燈光亮起來的時候，就是爺爺、奶奶清理門面的時候了。

院裡奶奶的人數比爺爺多，所以奶奶的理髮室常常熱鬧得多，我每次經過總看到有兩、三個人坐在室內，等著燙髮或洗髮。於是就有了談話聲、有了笑聲。

老闆娘自己的理髮廳位在市場附近，於是就有人託她買海帶、買青豆、買這買那的。老人家有時嘴饞，想吃一點過去常吃的東西，老闆娘都會幫他們買到，於是小室中更熱鬧了，有來洗燙的，有的只是來拿託買的食物，拿到了，付了費，嘻嘻哈哈閒聊一番再走。

頭幾年，我沒有下樓洗髮，因為習慣自己整理了，洗完澡順便沖沖，方便得很，並不覺得上理髮室有什麼必要。後來，腰漸漸不好了，站太久會痠，就偷了懶，也去排隊讓老闆娘洗，一洗才發現，由別人掌理你的頭髮真是舒服得多，於是也加入了被服務洗髮的行列。

每週總有一次，我坐在室內等待洗頭，有人洗好了，有人才進去，都認識的，於是一片噓寒問暖，覺得心情愉快。

上指甲油的奶奶也有三、兩個，還有坐在一旁泡腳的，聽老闆娘說，這是要剪腳趾甲的。我都自己剪手腳的指甲，這種輕易的事怎麼還要老闆娘來做？

「看不見呀！」奶奶嘆著氣，「趾甲又硬！」我湊過去看，呀，她的趾甲怎麼那麼厚？比一般人厚上一倍，而且參差不齊，有厚有薄，難怪不好剪了。

「我讓她先泡軟，用熱水泡，」老闆娘說：「泡軟了會好剪些，這麼硬是沒辦法剪的。」原來老了，趾甲也會變厚變硬，難怪奶奶剪不來，要請老闆娘幫忙了。

有一次我正要步入理髮小室，老闆娘叫住了我：「哈囉，可不可以幫個忙？」原來是做好了頭的秀奶奶要回樓上，她的眼睛不好，只能辨光暗，需要人陪著進電梯，為她按要去的樓層。這有什麼難的，我一口答應了，陪秀奶奶往電梯方向走去。老闆娘在後面謝我：「我這邊走不開，這位奶奶急著要出門，我必須快一點……所以不能送那位……。」

老闆娘在這邊待久了，哪個奶奶怎麼樣的情況她都清楚，而且她都因人而異，為需要的人做不同的服務，這點，我都知道，而且為奶奶們心存感謝。

有一回，我正在洗髮，有人進來跟老闆娘打商量，聽了一會兒我才明白，那是一位奶奶的女兒，奶奶失智了，不會理財，家人把一部分的錢寄放在社工人員那邊，讓奶奶可以零花，那位女兒就是告訴老闆娘她媽媽的房號，要老闆娘洗過頭後讓她母親簽字，然後可以向社工領取洗髮費。

老闆娘看我訝異的表情，笑著對我說：「這不稀奇，這裡有好幾個都這樣的，不過她們是住養護那邊的。」

養護那邊的老人家多行動不便，更多是坐輪椅的，還有人應家屬要求：「我媽媽以前好愛漂亮，一定要給她梳美美的。」所以特別推過來給老闆娘洗、剪，讓奶奶有整齊的面容，這樣的人還不是少數哩。

養護的老人家大部分都是由那邊的工作人員推來，工作人員算好時間後，再來推她們回去，奶奶們都是不會簽名的了，是由推來的工作人員代為簽名。

有一回，我正在燙髮，養護那邊推了一個老阿嬤過來，工作人員還有事情要做，就先回去了，留下老阿嬤。老闆娘替我上著捲子，我們談著話，老阿嬤自己轉動她的輪椅，向門外推去，「她出去了！」這還得了，我急著叫。老闆娘放下我的頭，放下綠色的捲子，小步跑過去，把阿嬤推回來。

老阿嬤一點都不安分，她又開始推著輪椅朝門口駛去。

「她又要跑走了！」我驚呼。

這回老闆娘把輪椅推回來後，順手把門帶上，只留一條不太大的縫，這下子沒辦法了吧！我觀察著沉默無語的老阿嬤，心想，她不言不語，似乎什麼也不懂，但是她還在努力轉她的輪椅，靠近門，還懂得伸手想抓門柄。

還好，老闆娘把她的輪椅轉了回來，離開門邊，還好，我的頭也弄好了，該輪到無語的阿嬤了，還好，我上樓了，不然，一直擔心著想要「逃脫」的阿嬤，我的血壓一定會升高吧！

我不寂寞

在家裡，只有電視、只有牆壁、只有外籍看護，當然是寂寞的。現在有真人秀在她的面前上演，讓她目不暇給，真是件好事。

「很好笑，我聽說我堂姊常常去機場。」電話中，安這麼說。

「去機場？那她一定常常出國囉。去哪些國家？這麼愛旅行嗎？」

「哎！我堂姊幾歲了妳知道嗎？」安大我五歲，今年八十二歲，她的堂姊大概也八十二、八十三歲了吧！

「我堂姊大我八歲，今年九十歲了。哪有九十歲了還常常出國啊？」

「那我就不懂了，不出國去機

場做什麼？接人嗎？」

「所以我才說很好笑嘛。」安說：「她去機場，也不是送人，也不是接人，也不是要出國……」愈說我愈不明白了。安的堂姊去機場，到底去做什麼呢？

「她什麼也不做，只是坐在機場，看人來人往。」

「看人？」我想像著她堂姊看到的景象：拖著行李、光鮮亮麗打扮的人，有男有女、有老有少，走過來的是回國的，走過去找登機門的是要出國的，也有在免稅商店買菸買酒、心滿意足走出來的先生、小姐。

啊！安的堂姊真聰明，機場真是個好去處，可以看到不同的人種、不同的年齡、不同的裝扮，都是光鮮亮麗的。

過了幾天，華在電話裡講到她的阿姨：「整天無聊得要死，耳朵又背，跟她講話很累人的。」

我把安的堂姊的事情告訴她，「怎麼樣？可以試試去機場看人，一定很好玩，一定不無聊。」

過不久，華打電話來了，她說：「妳的建議真好。」

「那麼，妳的阿姨也去機場了嗎？」

「沒有，我們有更好的去處。」

「怎麼會？」我等著聽她的回答。

「阿姨住在仁愛路，離信義威秀很近，我們就去了威秀。」她說。

她們去一家離街很近的咖啡廳，點了一份早午餐，玻璃門外人來人往，有的是來威秀看電影的，有的是來服飾店的，有的是在誠品看完書到附近喝飲料的。每個人都打扮得很時髦、很現代。

華說：「我們在威秀就夠了，不必去飛機場。阿姨好興奮哦，看到那麼多人進進出出、過來過去，她好像回到以前去西門町的時光。」

我為華的阿姨高興，她終於不再寂寞了。在家裡，只有電視、只有牆壁、只有外籍看護，當然是寂寞的。現在有真人秀在她的面前上演，讓她目不暇給，真是件好事。

華說：「你們養老院裡的老人怎麼辦？又不能來威秀坐一下午。」

是呀。我們不能去飛機場，也不能常去威秀，但是我們並不寂寞。樓下大廳是大家見面的地方，有人看著大廳的大電視、有人寒暄著彼此的近況，關在房裡太久也許會感到無聊，出得門來就是「威秀」、就是「機場」、就是「西門町」了。

看到的不一定是最光鮮亮麗的打扮，卻一定是讓你感動的畫面。一腳長一腳短的奶奶，一歪一歪地繞著大廳走路；老耄的爺爺扶著他的另一半——臉上一大塊瘀青的奶奶，緩步而行，喃喃地跟她說著什麼；車禍受傷的易奶奶坐在輪椅上，由她同樓的奶奶推著出門去。

車禍後遺症沒有讓易奶奶埋怨，她每天都活得很陽光，問她：「出門去做什麼？」她笑臉迎人：「去看綠樹，綠色對眼睛很好，我每天這個時候都出來看遠遠的綠樹。」

推她的奶奶最近右腿有點不好，但她總是笑瞇瞇地說：「沒有辦法，有點痛，不去管它，我們每天還是要出來，邊看綠色、邊做運動，對不對？」

我也不必去什麼飛機場，去什麼熱鬧的地方，我在大廳看我們的老人家同伴，我到門外看遠方的綠樹……。

我不寂寞。

當我們同在一起

同病的他們，平靜的身影，彷彿在告訴我：「我們有伴，我們在一起，我們不怨。」

晚上，接近八點鐘了，隔壁房門前響起了聲音，一個六十八歲的爺爺在叫八十五歲的爺爺：「大哥，走囉！」

有時候，「大哥」已經準備好了，等不太久，就開了門，兩個人作伴一齊搭電梯下去；有時候，「大哥」不知道忙什麼，也許是上廁所，也許是衣服扣子扣不攏，就見六十八歲的爺爺在門前踱過來踱過去地等著，直到八十五歲爺爺整理妥當，兩個人再一起搭電梯下去。

幾次下來，每當「大哥」的喚聲響起，隔壁房中就有了動靜，然後他們下樓去了。我很想知道他們兩個每天這時間結伴去哪裡，問六十八歲爺爺似乎比較合適，因為他看起來比較愛和人說話。

有一天，我就攔住了六十八歲爺爺，他這時候正在八十五歲爺爺門前徘徊著，等著他口中的「大哥」。

「你們每天晚上去哪兒呀？」我問。

「一起去醫務室。」六十八歲爺爺說。

「去量血壓？」我知道有人每天會定時去量血壓，六十八歲爺爺和八十五歲爺爺也是這樣嗎？

「不是。」六十八歲爺爺說：「我們一起去打針。」

「什麼？打什麼針？」

「我們都是糖尿病，每天都固定要打針的。」原來如此，看來我的高血壓比他們好多了，我只要每天早上服藥就可以，他們還得晚上去挨一針。

「什麼？才不只一針呢！」六十八歲爺爺看見八十五歲爺爺出來了，趕緊迎上前去，邊走邊向我解釋：「我們一天要打四針，三餐和晚上這一針。」

「真的？每天都要打？」

「當然。」六十八歲爺爺回答，八十五歲爺爺也點著他有點肥胖的大頭。

「一天四針，哪有那麼多地方可以下針？」

說話間，我不知不覺跟著他們進了電梯，六十八歲爺爺也不覺得這是什麼祕密，他誠實地說：「打肚皮，我跟他都是打肚子。」

我們一起到了二樓，一起進了護理室，可是，護士小姐不在。

「等一下就來了。」六十八歲爺爺說：「她這段時間很忙，有人需要她到房裡服務，她忙完就來了。」邊說，他邊向八十五歲爺爺示意：「大哥，你坐這張椅子等。」

既然到護理站來了，也順便量一下血壓吧！正這麼想著，又有人進來了，是兩位奶奶。我不太認識她們，因為都是新入住的。這兩位奶奶都保養得很好，皮膚白潤，完全看不出年紀，她們找了位子，也坐下來等。

我不敢貿然問她們是不是也來打針，但見六十八歲爺爺跟她們講話，好像很熟的樣子，應該也是吧，我心裡這麼想。

護士小姐來了，房裡擠了五位老人家，她要怎麼打針呀，我看我還是不要在這個時候湊熱鬧吧！

聽到護士小姐對八十五歲爺爺說：「您既然坐下了，就打屁股吧！今天不打肚子了。」我逃一樣地回自己房間，覺得自己好像過於好奇了，怎麼竟然跟人去護理站？太不像話了吧！

後來，再聽到「大哥」的喚聲，我完全知道他們要做什麼了。但是我還是不能接受「在肚子上扎針，每天要扎四針」的事實，光想著都叫人害怕。六十八歲爺爺和八十五歲爺爺真是勇敢，他們每天都笑瞇瞇地一起去，笑瞇瞇地回來，不知情的人還以為他們是去了一趟便利商店，吃了什麼好東西回來呢！

再後來，聽說那兩位奶奶也是去打針的。而且因為同是打針人吧，她們成了好朋友，常常看到兩個人結伴到餐廳，一起用餐，一起上樓。雖然樓層不同，總要回自己房裡，但是也常見兩個奶奶同時進同個房間，彷彿有說不盡的話還沒講完似的。

我有心血管的問題，每次提到這點都會感到懊惱：「為什麼父母親都沒有這方面的毛病，我卻有？為什麼我的飲食比別人清淡許多，還會高血壓？」

但是，當我看到六十八歲爺爺、八十五歲爺爺，還有那兩位白淨的奶奶按時到護理室報到，一點也不怨尤，面帶微笑的他們帶給我很大的感動。

同病的他們，平靜的身影，彷彿在告訴我：「我們有伴，我們在一起，我們不怨。」

快樂在一起

當音樂響起，歌唱的奶奶或爺爺就很慎重地拿起麥克風，對著螢幕，大聲唱出自己的歌曲。不管別人欣賞不欣賞，也不在意別人懂或不懂，他把心中的鬱結唱出來了，他很快樂。

這不是一個真正的班級，不必註冊、不必繳費，到了固定的時間，大家就來了。這是一個小團體，人數最多的時候有十五個，平時十二個、十三個不等，全看個人身體的狀況而定。

個子小小的秀奶奶，看起來清清爽爽的，一點毛病也沒有的樣子，可是她常常打電話來請假：「老師，今天我頭很暈，恐怕不能去上課……」

「那有什麼問題！妳好好休息吧！這不是什麼講《論語》、《孟子》的大課，不是研究學問的課。」我這樣回答了她。

洪奶奶常常有外務，有外務的時候當然不能來上課，偶爾來了，總是笑得露出一口白淨的牙齒說：「插花的來了，我是來插花的……」

耒奶奶身體沒有毛病，但車禍的後遺症使她不能行動。坐輪椅的她，不但不能行走，手臂的很多肌肉也都有沾黏，動作起來相當吃力，但是她的笑容甜美，從來沒有怨尤。在這個班上，她帶給我們正面的能量。

還有兩、三位奶奶是坐輪椅被推送過來的，她們的好學精神讓人佩服。她們有的九十好幾了，但腦筋都很清楚、聰明，勝過教她們手語的我。

可以自己輕鬆走進課室的有三、四位奶奶，還有兩、三位爺爺。

有人有糖尿病的問題，有人有血壓的毛病。有一位七十歲左右的爺爺小腦萎縮，幾乎每天都要去做復健、接受針灸。可是他一點也沒有氣餒，他帶著小型音響來教室，當我們要唱歌的時候，他會幫大家播出要唱的歌。對於音樂、對於手機等等的操作，他都很內行。有時候歌曲旋律太快了，我們的手語不容易跟上，他就大手一擺，表示沒問題，找出另一位歌者的同樣一首歌，旋律慢多了，比起手語就輕鬆容易多了。音樂、手舞，大家陶醉在其中，這是我們在養老院的一門課：手語。

除了這個快樂的團體，還有別的團體，也是很快樂的。

音響教室進行的是卡拉OK的歌唱，很多會唱歌的爺爺、奶奶都期待著一週三次的聚會，各人點自己拿手的歌。有外語的、有閩南語的，當然，更多的是國語老歌。當音樂響起，歌唱的奶奶或爺爺就很慎重地拿起麥克風，對著螢幕，大聲唱出自己的歌曲。不管別人欣賞不欣賞，也不在意別人懂或不懂，他把心中的鬱結唱出來了，他很快樂。

然後，輪到下一位，再下一位，唱著年輕時喜愛的歌，吐出胸中的塊壘，忘了年齡、忘了腿的不舒服、忘了腰的疼痛，身在歌詞中快樂徜徉。唐爺爺唱〈蘇州河畔〉，李奶奶唱「喜馬拉雅山峰峰相連到天邊」，人人都年輕了。歌唱真是一門快樂的課程啊！難怪好多老人都愛上它。

方城之戰也是很多爺爺、奶奶的愛好。比較不方便的是人數，規矩上是四人成桌，有時候會缺了一個，甚至兩個。沒有了四個人築起的長城，就不能做方城之戰了。有時候，四個人都聚成了，戰事如願開始。但是，常會有無關方城的戰事發生，像芊奶奶多拿了一張牌，像俞爺爺少給了一塊籌碼……，於是狼煙四起，往往不歡而散。

只要能夠聚在一起，就是幸福、忘憂的事了。

教授與軍官

小蘋眼眶一紅：「剛剛我去看他，他一個人坐在那裡吃飯，看起來好孤單。」我只記得他和軍官吵架的樣子，沒辦法想像他的孤單。

不知道什麼時候開始的戰爭，當我們發現的時候，戰況已經非常激烈了，那是我住進養老院第三年的事。

交戰的雙方都是男性，一個體格高壯，聽說是從軍中退下來的將領，另一個不高的爺爺有點瘦弱，但是罵起人來，兩個人的兇悍都是一等一的，他們只要一開始相罵，我們都紛紛閃避，怕被流彈波及。

發生什麼事了？好像沒人知道，只曉得這兩個人一見面就吵，三字經是經常出現的。兩個人吵起來像是世仇，脹紅著臉、粗著脖子，互罵著難聽的話。

我問旁邊的人怎麼回事，他也不知道，只曉得這兩個老人各占一張小桌子，遠遠地叫囂怒罵。

我一看，果然兩人各占一張會客用的桌子，桌上堆了一些東西和茶具。是宣告主權嗎？兩個人固定坐那兩張桌子，我們誰也不敢靠近，怕戰火蔓延，波及無辜的我們。

好奇心還是有的，我悄悄問櫃台，這兩個人是誰？為了什麼事而吵？櫃台也不知道戰事的原因，只告訴我，除了軍官，另一個人是知名大學的退休教授。

兩個人罵來罵去，一點兒也不像有學問的大學教授或者有統領軍隊能力的長官，根本就像菜市場裡的攤販抬槓。而且，人家吵了架，事情過了就沒事了，這兩個人卻天天吵、時時吵，見到對方就不順眼、就開罵。

我後來知道老軍官姓施，曾經手握大權，雖然老了，還是有他的威嚴在。而另一位瘦弱教授姓烏，教的是中文。這兩個人如何結怨，沒有人敢去問當事者，因為兩個人都好像吞了炸藥似的，誰敢靠近呀！

吵了好久，應該有大半年吧！爭吵聲停止了，因為施老將軍生病住院了，烏教授偶爾來坐他的桌子，沒有人和他吵，他也靜默不言了。雖然教授安靜下來了，但還是沒有人敢靠近他和他的桌子，因為他之前的雄風實在太讓人印象深刻了。

之後，烏教授也病了。什麼病不知道，只是愈來愈病弱，後來得請看護照顧。

那個看護是我認識的小蘋，看到她來，我很訝異：「那個爺爺很兇耶，妳敢來照顧他？」

「爺爺不兇，」出人意外地，小蘋說：「只是很囉唆。」

「怎麼個囉唆法？」

「他一天到晚不停地叫我，『小姐、小姐』，問他有什麼事？他說沒事，我要是不應他，他又不依，怨我：『小姐妳怎麼都不理我？』好煩人，理也不是，不理也不是。」當然，那時候他已經沒有當初的威風了，他多半的時間是在房裡待著，可能太無聊了，才會一直叫喚小蘋吧！

又過了一段日子，遇到小蘋，很奇怪她不是從教授房裡出來而是從養護那邊過來。

「去看誰了？」

「教授爺爺。他昨天被送過去了。」

「送過去了？」我驚愕了一會兒，那麼，他已經完全不能自理了？

小蘋眼眶一紅：「剛剛我去看他，他一個人坐在那裡吃飯，看起來好孤單。」我只記得他和軍官吵架的樣子，沒辦法想像他的孤單。

小蘋很難過，「他說：『小姐妳真好，還會過來看我，有空，妳還會來嗎？』」

我告訴小蘋：「我無法想像他也有這麼軟弱的一面。」

小蘋說：「他竟然跟我說：『前幾天麻煩妳了，小姐謝謝妳。』」

她的眼眶再一次紅了。

美麗的黃昏

原來愛情是這樣的：只要站得很近，站在同一張小圓桌前，可以聽到彼此的聲音就夠了。

我後來才知道自己的遲鈍。

但，應該也不能怪我吧！誰會想到在養老院裡還會發生戀情呢？而且都是八十多歲的人了。

起初，常看見教會活動散會時，有他和她兩個人的身影。但，並不是兩個人相牽，而是隨著一群人出來的。而且兩個人並沒有同時出來，而是一前一後地出來。

後來，有詩詞課的教學，文質彬彬的他和說話低聲細語的她都去了，我只覺得他們好學，讓人欽佩，卻什麼也沒聯想到。

再後來，有一次外出，回來得晚了，大家都吃過飯散過步，回房裡去了。只見她一個人在大門前庭走過來走過去。

「大家都回房了，妳怎麼還在這兒？」我當然會問。輕聲細語的奶奶說：「吃多了，有點不消化，要走一走。」我當了真，趕緊問她：「那我陪妳走走吧！」

「不，不。」她說：「妳趕緊回去陪先生，我再走一下就回去了。」

之後，我才知道，文質彬彬的爺爺出門去了，還沒回來。她在等他，所以在庭前徘徊。但這是後來人家告訴我的事了，當時我完全不知道，也沒想過老年的爺爺和奶奶還會有這樣卿卿我我的情意，好像妻子在等丈夫一樣，你沒回來，我就沒法子安心。

知道了他們倆的「郎有情妹有意」之後，我也恍悟了很多事情。譬如，在大廳中，大家都是坐著看報，只有他們兩人不一樣，他拿一份，她拿另一份，都攤開在同一張小圓桌上，好像各看各的報，兩個人站著，偶爾說幾句話，讓人看起來似乎像在討論國家大事。

那時候，我已經知道兩人之間有情，雖然他們以為隱藏得很好，以為瞞過了所有人。但其實我已經被告知了，而且我深深為這樣的情感動。原來愛情是這樣的：只要站得很近，站在同一張小圓桌前，可以聽到彼此的聲音就夠了。

這不是跟少年人純情的愛一樣嗎？

不。後來發生了一件讓我震驚的事。

文質爺爺住在走廊的最邊間。那天，我在公用廚房取了水，走出走廊，看到細語奶奶的身影，她正在開爺爺的門，而且，一閃就進了房。隨即，走廊一片寧靜，剩下驚愕的我。

後來，再看到他們走去詩詞教室，走出教會門口，以前的欽佩之情稍有了改變，不是像以往一樣佩服他們的好學，而是有了懷疑，為什麼好感不能表現出來，愛戀不能表露出來，而必須隱藏著呢？

當然，那是別人家的事，我只困惑一、兩次，就不再惦記了。

不久，養老院裡入住了一對老夫妻，是從國外回來的。先生九十多歲，身體壯碩，妻子比較年輕，大約七十多歲。他們都愛上這裡。先生喜歡方城之戰，這裡隨手一招就可以成局，他每天都有麻將可打，快樂得不得了，常常說：「早知道可以天天打麻將，我早就來住了。」太太是個活潑外向的人，跟誰都打招呼、跟誰都可以嘻嘻哈哈兩句，她的到來，似乎給養老院打了一劑快樂針，空氣都活潑了起來。

可是，快樂針並不是對每個人都有用的。有一天，細語奶奶和文質爺爺在大廳裡吵了起來，吵的原因是因為新來的活潑奶奶，她對誰都很好，對文質爺爺也一樣，有說有笑的，讓他好幾次大笑出聲。

結果是：有人吃醋了。

於是，本來是密戀的他們，自己露了餡。後來，事情是怎麼樣靜下來的呢？我猜：文質爺爺一定答應了細語奶奶，從此不跟活潑奶奶聊天，才平靜了這件事，繼續他們的黃昏之戀。

途中

現在，溫阿姨過得很平靜，偶爾會有晚輩來看她，她總是輕聲細語地跟他們說話。我在心中替她算了算，溫阿姨在我們養老院已經是第三次入住了。

很多人都以為，進了養老院，一切都玩「完」了。不會的！至少我看過好多人，進來了，又出去，出去了，又回來了。

先說那一對夫婦吧！他們是一對跟大家都相處得很好的夫妻，先生大概有七十歲了，太太看起來很年輕，應該不到六十五歲。入住原則是夫妻之間只要有一方超過六十五歲就可以入住，所以太太年輕，我們也不覺得訝異。

讓我們訝異的是後來的事，他們要搬走了。去哪兒呀？搬回自己家。為什麼呢？他們不是常常在大廳跟大夥兒有說有笑的、過得很開心嗎？怎麼又不住了要搬回去呢？

後來，我才知道，他們住過來是因為太太突然中風，一半的身子不靈活，所以搬來養老院。這裡離醫院很近，而且院中也有復健設備，非常方便，所以夫妻兩人為了太太的復健住在這裡一年多，現在她活動自如了，他們要搬回去了。

雖然很捨不得這對很健談的夫婦，但也只好跟他們說掰掰。太太的身體已經好了，我們當然應該為她高興。

沒想到，三年之後，又看到這對熟悉的身影。這回，聽說是太太摔了大跤，把腿跌斷了，不得不再住進來。這回，他們不再到大廳聊天了，而是過去認識的「老鄰居」來房裡看他們。大家還是相談甚歡，都祝福太太的腿傷早日康復，可以再度回家。

經過先生的悉心照顧，太太很快就健康了。這回，他們的回家又引起了不少的關注。不只是關心他們回家，而是先生的深情照顧讓大家都印象深刻，他每一餐都下樓取餐、上樓餵餐，看在左右鄰居的眼裡，都為臥床的老婆欣慰，有這麼好的老公，難怪康復得那麼快了。

送別他們，回到院中，大家還在談論那位體貼的老公、那位幸福的太太，好久好久……

溫阿姨住進來時，已經八十五歲左右。我以過來人的身分，告訴她哪裡有洗衣機、哪裡有熱水，她溫文地笑了笑：「我知道、我知道，以前我住過這裡……」什麼？您住過？我心中大感疑惑，但是也不好多問什麼。我們初次見面，總不能問東問西，探人家隱私吧！

溫阿姨住下來了。她的個性就如她的姓氏一樣，溫溫柔柔的。我們很快就熟起來，雖然不至到無話不說的地步，但是兩個人遇到了，都有話可聊，覺得是老朋友了、老鄰居了。

不久，溫阿姨告訴我，她的媳婦得了癌症，她很為媳婦擔心。再過不久，溫阿姨說，媳婦得的是腸胃方面的癌症，她認為媳婦應該吃得營養一些。再後來，溫阿姨說，她要搬出去了，「為什麼？」「我媳婦需要人照顧。大家都忙，我沒事，可以幫忙。」

「那，妳住他們家嗎？」

「不，我在附近租一間小房間，過去看她很方便。他們的房子不大，住不下的。」

只聽說母親愛自己的女兒，不知道婆婆也可以這麼疼愛媳婦。

溫阿姨要搬走以前，向我保證：「等我媳婦好了，我還會回來養老院，我還要跟妳住同一層樓，真的。」

年紀那麼大了，還要去照顧病人，我擔心她過度勞累，根本不敢去想再見面的事情，但我當然點頭說好，並說，等她回來。

溫阿姨真的又回來了，真的又跟我住同樓層了。

我不敢問她太多，只小心翼翼地說：「妳的媳婦……，不用妳照顧了？」「是的，我又搬回來了。」是完全痊癒了嗎？她也沒多說。我們又成了鄰居，當然很高興，其他的事，就不必多問了。不是嗎？

現在，溫阿姨過得很平靜，偶爾會有晚輩來看她，她總是輕聲細語地跟他們說話。我在心中替她算了算，溫阿姨在我們養老院已經是第三次入住了。

歡迎您，老客戶溫阿姨。

歸去來兮

我的淚水倏地升到眼眶裡，我想起我的母親。雖然我們同住，但是白天我和外子出去，她一個人坐在桌前，有時是半天，多半是一整天。她沒有告訴我她的寂寞。

是去年的事了。華姊在電話中告訴我，她要從養老院搬出去了。

「為什麼？」她申請的養老院是公家的養老院，申請了之後都要等上個四年、五年的。她好不容易等到了，而且住得很習慣，和人相處得很愉快，為什麼要搬出去呢？

華姊說，她妹妹有棟房子一直沒人住，妹妹長年居住國外，現在年紀大了，不想來回地跑。「妹妹要我搬去她家。」

「不好。一個人太寂寞了。」我說。

「她的房子很大，叫我的兒子也去住，我們一人一間。」華姊的兒子單身多年，不打算再有任何婚姻。那麼，母子兩人可以住在一起囉！

那一陣子華姊常感冒，都是她的兒子開車送她去醫院的。如果搬去妹妹家，母親和兒子在一起，這可是很好的事情。因為沒住在一起，兒子常常會擔心母親的身體。

「這樣太好了，彼此有個照顧。」電話裡，我為她高興，也鼓勵她快點通知養老院，開始整理衣物，準備搬家。

事情很快就辦好了，華姊搬到妹妹的大房子，跟兒子一起，但又不彼此干涉，真是太理想不過了。

「就是對養老院的老人朋友有點不捨。」華姊說。

華姊在那家養老院住了有三、四年了。她人好，不愛談論是非，大家都喜歡她，要搬走的消息一傳出去，老人們都依依不捨。但是，人老了，總要為自己活、為自己著想，不是嗎？所以雖然不捨大家，卻還是為了自己和兒子的將來，而選擇了離開。

剛住進「新居」不久，華姊在電話那頭笑：「好有趣噢，我和兒子十八年沒住在一起了，現在住到一塊，感覺挺奇怪的。」

過了一陣子，她好像習慣了，電話傳來她的笑聲：「好好玩噢，我醒的時候是他睡覺休息的時候，他在家的時候是我的睡眠時間。」

原來，她的兒子在報社上班，白天都在家，晚上才到報社排版、校對。而華姊呢？她一直是隻夜貓，無論在哪裡，不到夜裡兩點，她是不會上床休息的，而第二天她起來的時候當然會是中午時刻了。

我們都知道她的習慣，所以，每回聚餐或出遊都選在中午以後。我們沒想過她的夜貓子習慣和兒子的工作時間會有什麼不妥的地方。但是，幾個月後，我們知道了華姊的「新生活」竟是這樣的：兩個住在一起的人，只有兩小時可以見到面，不是她睡就是兒子回來蒙頭大睡。月亮和太陽重疊的時間只有兩個鐘頭。

不過，華姊宣布：「心理上比較踏實，雖然沒碰到面，知道他就躺在隔壁睡，就很滿足了。」

「兒子呢？只能見到母親短短的兩個小時，他感覺怎麼樣？」

「我們十八年沒住在一起了，」華姊笑說：「以前他會擔心我。現在就住在身邊，他放心多了。」我很為她高興，終於有了「家」的感覺了。

一個月過去，三個月過去，半年過去了。

我常常打電話給「家」裡的她。一般沒有大事，只是問好，最後兩個人的告別辭是：「珍重哦，彼此珍重。」

她搬回去，我很為她高興，可是，偶爾也會有小遺憾的感覺。她的養老院是和我同一區，我只要坐七、八站公車就可以到她的養老院，有時候去和她聊聊天，甚至有時候去共同朋友的家，我們還可以坐同一部計程車，我先坐上車，繞到她的養老院接她，我們一起去拜訪比我們更年長的朋友。

坐車，她從不肯讓我一個人付費，總是說，去程時由她付，回程時由我，我也不知道是不是占了她的便宜，但是扭不過她，也只好聽她的話，一人付一次了。她搬回「家」後，對我來說，路途遙遠而陌生，所以只在電話裡聊天，有時和其他朋友相聚，都是各自坐各自的車，再沒以前一路談笑的快樂了。

我坐公車出去辦事，偶爾會經過她以前住的養老院的路段，晚上我就會打電話給夜貓子的她：「今天經過XX路了，想妳喲。」前天，我又經過那路段了。電話裡，我告訴她：「奇怪，每次經過那裡都會想起妳。」

我們同往日一樣笑著，笑後她說：「有一件事，不知道妳覺得怎麼樣。」

「什麼事啊？」

「我想搬回養老院。」

「為什麼？」

她的回答讓我一窒：「寂寞，太寂寞了。」

我的淚水倏地升到眼眶裡，我想起我的母親。雖然我們同住，但是白天我和外子出去，她一個人坐在桌前，有時是半天，多半是一整天。她沒有告訴我她的寂寞，只是高興我們的回來。雖然只說了幾句話，她還是很覺安慰。

如今近八十歲的我，偶爾會念起她，恨自己的不孝。讓老人家獨自在家，等候終日。

華姊，我能體會妳的寂寞，我也讓我的母親那樣寂寞過。我沒說出心裡的話，只說：「贊成妳的決定，我陪妳去辦手續。」

她說：「又要排隊等入住了，不知道會等多久，等就等吧！」

朋友、朋友

多年以後，我想到「虧虧」就覺得心痛。家裡人未必了解老年人孤單在家的寂寞，更不能體會有伴會帶給他們多大的快樂。

院內的老人家，多半有飯後散步的習慣。不必到室外，在寬闊的走廊走上幾趟來回就夠了；也有人在樓下大廳走動的，多半是繞著櫃台，在廣闊的廳邊走兩趟。

飯後散步時，誰和誰要好最看得出來。綽號小公主的張奶奶和高大的楚奶奶是一組，骨感的美奶奶和壯實的英奶奶則為另外一組。前面的一組不太說話，一是因為她們都推著助行車，不便並排而行，二是兩個人都耳背，一前一後說了也是白搭，對方根本聽不見，但是她們臉上怡然的笑容，讓人知道光是在一起行走就已經是件快樂的事了。後面的一組沒有推車，挽手同行，說些你家我家的事，說些過去已久的往事，都是別人聽了覺得不重要的，但，快樂卻寫在她們的臉上。

走個三圈四趟的，有點累了，大家就分手，各自回房去，只要知道下一餐還有對方相伴走路，就感覺很充實。除了這些好朋友，還有互相幫助的夥伴，好幾次我就看到九樓的麗奶奶在幫芳奶奶點眼藥。芳奶奶說：「自己點都對不準，白白浪費藥水。」

我看著她們，一個人仰著頭，自己把上下眼皮撐開，等著另一個人把眼藥水滴進她的眼。

左眼點過了，換右眼……，乍一看，好像是母女畫面，再一看，是兩個都上了年紀的老人，笑嘻嘻地幫著對方，高興自己「還有用」。聽護理人員說，幫忙點藥的麗奶奶有憂鬱症，讓她有點事做，又和人互動，其實對她的病情也有幫助。

有個奶奶是上海人，她的鄉音很重，我常常聽不懂她的話，她有一回說到「看看」，在我聽來是「虧虧」，我在心裡就叫她「虧虧」了，我們是見面時會說幾句話的朋友。

她好像很喜歡朋友。當我們有四、五個人在一起時，她特別高興，會說很多話，我是有聽沒有懂的。但當大家哄然大笑時，我也會跟著笑，算是盡盡朋友的義務。

有一回，突然不見了她的影子，去問社工，才知道「虧虧」因為心臟病發作住院了。這一住，住了半個月左右。

常常在一起說說笑笑的人突然少了一個，掛念還是難免的。所以當她回來時，我是真的打從心裡高興，大家也都很高興，「虧虧」似乎更高興，她說心臟動過手術了，現在好了，她逢人就說、逢人就笑，大家都好高興，覺得好日子應該就會這樣過下去了。

其實不然，興奮的一天過後，悲慘的一天來了。

「虧虧」還是很興奮，在大廳裡，見人就笑，談自己的病，說這一段日子好想大家。她快樂到像是一點也沒有生病的樣子，問她要不要休息，她快樂地拒絕，用她很重的鄉音說：「我好了，看到你們太高興，我完全好了。」

期間，「虧虧」去上了一次廁所，出來時，還跟理髮店老闆娘問好，然後，事情就發生了。

一個我不認識的男人氣呼呼地攔住她，開始罵她。我只聽到他憤怒的聲音，「虧虧」沒有回嘴。男人罵說：「說要休息，哪有休息？還四處走動。」

病好了不能快樂嗎？我在心裡打問號。

「在家裡連站都站不穩，還要我扶妳。」「一副要倒要倒的樣子，都是裝的！」「不要住了，妳整天都不休息！」……

我到後來才弄懂他的意思，他不要「虧虧」住養老院了，因為「虧虧」吵著要回養老院休養，結果被他撞見了一個快樂趴趴走、不像病人的媽媽，他氣壞了。悲慘的是，「虧虧」真的被帶回去了，從此我們沒再見到她。

我和她只是普通的問候朋友，但是她大病癒後把所有的普通朋友都當成了好朋友，能再見這些好友是多麼快樂的事，她當然忘了大病。她快樂地向這個人那個人打招呼……。

多年以後，我想到「虧虧」就覺得心痛。家裡人未必了解老年人孤單在家的寂寞，更不能體會有伴會帶給他們多大的快樂。

不知道「虧虧」後來怎麼樣了，偶爾想起她，不敢去打聽，希望她一直健康著。

家在這裡

王奶奶最後笑笑地做了結論：「我當初的決定是對的，不然，我現在會是一個人在家裡，那有什麼樂趣啊！」

常常看到季爺爺出去，他等公車、他去水果攤，然後拎一袋東西回來。八十多歲的他，一定已經失去伴侶了，不然，誰會孤身住進養老院呢？

有一天卻聽到人家告訴我，他有伴侶，夫人遠在美國。「為什麼？」我瞪大了眼睛。「不是『少年夫妻老來伴』嗎？為什麼他不跟太太生活在一起？」

「他太太和兒子住在一起，爺爺沒辦法適應國外的生活，自己回來住養老院。」知道內情的朋友說。

後來，常常遇到季爺爺，他的笑容很開朗。想來，住這裡是住對了，雖然想兒孫、想妻子，只能等一年一會，但是不習慣國外的生活，又能如何？

周爺爺住進來的時候還很「年輕」，七十歲不到，他的行動靈活，時常外出，一點也不像該住在養老院的人。

「你的家呢？」有一次遇到他，我這麼問他。

「我家就在這裡啊。」

「不是，我是說你原來的住家。」

「在XX路，離這裡不太遠。」

為什麼搬進來呢？我還沒開口問，他自己就說了：「我搬出來是因為孫子、孫女大了，一男一女，總該給他們一人一間房間吧！」於是爺爺自己一個人搬了出來，成全他的孫子、孫女。

裕奶奶搬進來後，告訴我們：「是醫生建議我兒子，讓我搬過來的。」

原來裕奶奶有輕微的憂鬱症，住在家裡雖然不錯，但是白天兒子、媳婦都要上班，剩她一個人在家，沒人對話、沒人往來。醫生認為這樣的生活不利於有憂鬱傾向的老人家，老人應該生活在團體中，有社交活動才能避免憂鬱症的加重。

裕奶奶住進來後非常開心，有好多朋友、有好多活動。我們雖然不懂醫學，但是看到她快樂活潑的模樣，都知道醫生的建議是對的，團體生活的好處不是一個人窩在家可以得到的。現在裕奶奶跟大家打成一片，誰也難以想像她曾有憂鬱的症狀。

金奶奶當初入住，實在是有不得已的原因，她跌斷腿了。從醫院出來後，就搬進來養老院。

我們認為她只是暫住，因為她有美麗的花園洋房，面對新店溪，聽她說，風景好得不得了。她在這裡住了一陣子，由坐輪椅到兩手各拿一根拐杖；由打著石膏到穿著鞋走路；由一拐一瘸到輕微的不平衡，上下公車略有躊躇；最後，完全康復，走路如有風，完全是一個健康的奶奶了。

「她不是有美麗的豪宅嗎？她不回去了？」看護告訴我們：「房子空著固然可惜，但她的兩兒兩女都在國外，我們不希望她回去一個人過日子。」

她就此住了下來，參加各種活動，在陽台上種些自己喜歡的花花草草，只有兒女回國的時候她才請假外宿。不然，「這裡就是我的家。」她挺挺地站著，微笑掛在臉上，用溫柔的語氣這麼宣布。

王奶奶更豁達，她的先生一走，她就跟兒子提出住養老院的要求。起初兒子不同意，覺得不奉養母親是不孝的舉動；王奶奶堅持入住，兒子難過地掉了淚，她還是希望自己住進養老院，免去兒女的牽掛。

她住進來將近十年了，兒女每週都來看她，有時候帶她去拜訪親友，她住在這裡非常快樂，更認為自己的選擇是對的。偶爾，我們碰面，她會提到兒子最近去哪些國家，也提到她揚名國際的媳婦現在時時被邀請去這裡那裡，或演奏、或教學……。

「如果我不住養老院，他們哪能這麼放心地到處去表演、去講課？」王奶奶最後笑笑地做了結論：「我當初的決定是對的，不然，我現在會是一個人在家裡，那有什麼樂趣啊！」

輯貳

擁抱老身

「客人」來了

客人來了，趕也趕不走。只希望他好心一點、斯文一點，不要那麼快就翻亂我的記憶盒，讓我慢一點、優雅一點地忘掉，好嗎？

有客自遠方來，總是快樂的事情。

住在養老院，也時時會有訪客，多半是兒子媳婦一家、女兒女婿一家、老鄰居、老朋友，只要聽說有客人來，都是開心的。

客人如果是坐小巴進來，大廳中準會有一雙巴望的眼神，不時注意著路過的車輛；如果客人是自己駕車來，張望的眼神就不對著門外，而是向著電梯門，癡癡地望著，因為停車場在地下一樓的緣故。

剛入住的時候，訪客都會比較多，大半是好奇養老院到底長成什麼樣子的朋友，沒事不好亂逛養老院，於是趁著我們入住，名正言順地來訪，順便參觀一下。住定了，親朋好友都來過之後，訪客就比較沒那麼多了，來的多是晚輩，不分時段，有空就來。還有是彼此關心的好朋友，定時定節來訪，提著應時的禮物，把關懷送到我們房裡、懷中、心坎裡。

其實，我們歡迎的是客，絕對不是禮物；歡迎的是心，而不是哪一間糕點、哪一家著名的烤鴨。訪客無論何時來訪，都是我們企盼和歡欣等待的。

最近，事情有了變化。

有一些不請自來的客人，不曉得他們是什麼時候來的？分批來的？還是一起來的？無從問起。客人的名字是久聞過的大名，但不是我輩歡迎的族類。他們總是悄悄進訪、悄悄落根，沒等我同意，已經緊緊拉著我不放，但那絕對不是我願意的訪客。

起先看到別人的變化，還不知道自己有一天也會被他們「找上門」。

起初是方奶奶，她突然變了，本來每晚七點左右就上床入睡的方奶奶，過了八點，還坐在客廳中，看護請她上床休息，她堅持不肯，說有事情還沒有做。「什麼事啊？」看護問她。

「我在等鄰居的朋友來還他錢。」看護一陣驚訝，鄰居的事與妳何干，要妳苦苦相等。問了好幾次，又催她上床，她都不肯。看護急了，「現在不睡，明天起不來怎麼辦？」

「我再等等。」方奶奶說。看護覺得奶奶太奇怪了，鄰居的朋友欠鄰居錢，是他們的事，與奶奶無關！為什麼要在這裡癡癡地等？

「我等他，他還了錢，鄰居就有錢可以還我了。」說得頭頭是道，但這裡是養老院，哪有欠奶奶錢的鄰居呢？

看護想了個辦法，她說：「到底是哪個鄰居？我們過去看看。」

看護陪著奶奶繞樓一圈：「哪個是妳的鄰居？」

奶奶搖搖頭，也弄不清楚鄰居在哪兒了，為什麼找不到他。終於，找累了，奶奶回房時宣布：「不管他們了，我要睡了。」

看來，她那怪異的客人早已悄悄入駐，在她心間腦海裡不時掀起波浪……。

我的那位客人也已經來了，他的功夫高強，沒讓我知道是什麼時候來的。

有一天，我要去取存摺，但到了銀行門口又折返了，不是我不想進去，而是保管箱的鑰匙沒帶，進去也沒有用。

然後是電話費，每個月初都該繳的，走到了便利商店，錢拿出來了，可是，皮包翻了老半天，確定繳費單沒帶出來，這又是他們搞的鬼。

眼睛有白內障，醫生說該換水晶體了。換過之後，每天要點四次兩種不同的藥水，兩種藥水之間要間隔五分鐘。我是乖病人，先點第一種藥，注意看了時鐘，五分鐘之後點第二種。可是，可是，突然間忘了，剛才是幾分？第二滴的時間又該是幾分？我用盡方法，要自己記住，如果是十三分，那待會兒就是十八分，三八三八，我用聯想法，三八是罵人的話，這樣一定可以記住了吧！如果是四分點的藥，第二種藥就一定是九分，我想到梁山伯的書僮四九。用盡了聯想法，還是會忘，看看時鐘，剛才我到底是什麼時候點的藥呢？是三分？是四分？還是五分？我混亂成一團，完全不記得了，只好從現在開始，再過五分鐘吧！好在醫師沒有說不能延長間隔時間。

除了點藥，還有很多困擾呢！新疆棗乾又大顆又好吃，每天吃個一、兩顆，和外子吃得津津有味，猛不防他問我：「這麼好吃，是誰送的？」

我沒有回答。誰送的？是薇？是毛？是英？還是那個走路很緩慢的美呢？完了，我連是誰送的都不記得了，送我的人白費心了。真想站出來宣布：「不要給我什麼，我一下子就忘記是哪個人送的了。」

客人來了，趕也趕不走。只希望他好心一點、斯文一點，不要那麼快就翻亂我的記憶盒，讓我慢一點、優雅一點地忘掉，好嗎？

忘了、忘了

如果你偶爾到我的小房間來，看到舊牙刷綑成一堆放在椅子上，你可別驚怪，這是我提醒自己：有一件事情該做還沒做的意思。

吃飯的時間大家下樓去吃飯，電梯停在一樓，老人一個一個地出來，輪到芳奶奶了，她卻不出來。

「出來啊！」有人喚她。

「我還要上去，」她說，「我忘了帶筷子。」

這是常見的事，每個往回走的人都是因為忘了筷子，不然不會先下樓又上樓，多走這一趟。

我也有兩、三次的經驗，興沖沖地走到餐廳了，一摸口袋：「呀，筷子盒沒在！」只好回頭去等電梯。電梯門開了，莫奶奶看到我就問：「人家都下來，妳一個人還上去做什麼？」「當然是忘了帶筷子啊，真惱人！這記性！」

吃過飯了，我們回了房，同樓層的紋奶奶卻要進電梯。「妳不是吃過了嗎？」「進不了房，」她無奈地說：「我把鑰匙忘在房裡了。得下樓去借。」還好大廳櫃台有備份鑰匙，忘了的人可以借用，不過稍微麻煩了些，開了門，得又回樓下還備份鑰匙。

「這個星期已經是第三次了。」紋奶奶嘆氣：「這個腦袋真不行了。」

我的腦袋也快不行了，不過，我沒跟紋奶奶坦白。這是糗事，不值得多提。

最了解我的是桌上的記事簿。洗衣服了我會寫上「洗衣——9：00」，表示十點左右可以把洗好的衣服拿出來曬或烘乾，不這麼記著，衣服洗好了會被遺忘在洗衣機裡；烘的時候也要記，不然別人到洗衣間要烘衣，左等右等，不見主人出現，他的濕衣服沒辦法進駐，我的熱烘烘的衣物他又不好亂動，真是尷尬至極。

洗衣是大事，記在備忘簿上，多半不會被忘記，但有的事情可不一定，即使記下來了，不去看本子，還是沒效。朋友聚餐時，大家會把這些現象拿出來懊惱一番、自我取笑一番。

美說：「我最糟糕，愈來愈糊塗了，以前，想要拿什麼，走到廚房忘了要拿什麼，再走回去，就會記起來。現在，想起要拿什麼，站起來就忘了，咦，我站起來是要做什麼？你們看是不是愈來愈糟了？」

「都一樣。」茜說她每回撐傘出去，回來要是沒雨，傘絕對不會帶回來，「我已經送出好多把愛心傘了。」

茹說：「我才糗哩！皮包放在身邊，公車來了，我自己上車，過了好幾站才想起來……」後來？「後來趕緊回去找，心想絕對不可能還在的，嘿！結果，皮包還在那裡。」說到這兒，大家不禁豎起拇指誇「台灣人真好」，要是在別的什麼地方，皮包恐怕早就不見了。

可是我們不能光靠別人的好，自己卻愈來愈糊塗啊！怎麼辦啊？秀說：「我現在有好方法，我把東西亂扔到地上，回來一看，地上有不該有的東西，這就提醒我了。」

大家都搖頭不贊成，秀是不婚族，自己一個人住，三房一廳，可以隨她的意思使用，我們怎麼可能把東西隨便丟地上？不過，她的方法還是點醒了我，我不亂扔東西，只是把不該出現的東西放在明顯的地方，如漱口杯放在浴缸裡，看到時想到，「啊！我該收衣服了。」

如果你偶爾到我的小房間來，看到舊牙刷綑成一堆放在椅子上，你可別驚怪，這是我提醒自己：有一件事情該做還沒做的意思。不過這也只是目前暫時有效的方法，誰知道再過一陣子這方法靈不靈呢？如果更糊塗了，什麼東西也引不起主人的注意了吧！

唉！忘東忘西，最怕最後連回房的路也忘了，連最親的人也忘了，那才糟呢！

夜貓奶奶

希望自己不要那麼快就變成日夜顛倒的夜貓奶奶，到時候，有錢要請看護也沒用，沒有人願意不眠不休地照顧老人，弄得老人沒大病，自己卻先病倒。

最近幾個月來，覺得自己有一個很大的變化，午覺睡得很沉很沉，超過平時的時間很久，而且一覺醒來弄不清楚現在是早晨還是夜晚，但覺得剛才睡得又香又甜，滋味無窮。

晚上的睡眠可不那麼容易，即使依慣例吃了半顆安眠藥，頭枕到枕頭上，卻是一小時、兩小時不能入睡，腦子裡彷彿擁擠著很多事情，想都想不完的事，不去想都不行，它會自動跑進來，在腦裡轉悠。

睡不著的結果是尿意頻仍，第一次上廁所時看了鐘，怎麼還在十一點！第二次怎麼才十二點！時間過得很慢很慢，沉入夢鄉比從前困難得多。

可是白天只是想瞇個眼，竟然睡著了，還流口涎呢！真是弄不清楚自己是怎麼了，記起以前聽別人說起「老」，是不該睡的時候打瞌睡，真的該睡的時候，兩眼卻睜得老大，那麼，我是又更進一步地老了？本來經過初老、中老，現在是老老了？

記得好友的媽媽在失智前期，總是半夜起來，在房中窸窸窣窣地整理塑膠袋，弄得女兒整夜不得好眠。要她白天整理，她也照做了，但到了夜晚，還是要來窸窸窣窣一番，好像夜晚才是安靜整理東西的時機。

那一天，聽看護說，院裡也有兩個奶奶是夜貓，夜裡精神亢奮，白天總是躺在床上起不來。

一隻夜貓奶奶是頻頻上廁所的，一小時上一次，她的身子不好，無法自己步行，所以都得靠她的看護半抱半擁地把她帶去馬桶，上完了，又得穿褲繫衣，再拖拖著回床上，夜夜如此。看護頻頻抱怨，最後拿到一個月的薪水就不肯再來了，她那原來圓潤美麗的臉上帶著愁容，擔心地說：「再這樣下去，奶奶沒事，我可要病倒了。」

另外一位夜貓奶奶，白天總是呼呼地睡，怎麼叫也叫不醒，搖她起來，坐不到幾分鐘又睡了。睡得又香又甜，誰也吵不了她。而且她耳朵重聽得厲害，看護說：「敲鑼打鼓都吵不醒她，有什麼辦法？」白天，偶爾見看護用輪椅推著她下樓，希望引她跟大夥兒一塊做做運動，結果總是失敗，大家伸手踢腿的時候，她的白髮垂在額前，又去很遠的地方見周公了。

看護已經照顧她兩個月，時常大呼吃不消，她說：「白天盡量不讓她睡，我要把睡眠時間改過來，讓她晚上睡。」之後，她又說：「沒辦法，她白天就是會睡，晚上就是不睡。」

我說：「不睡，如果乖乖地躺在床上，倒也還好。」

「什麼？」看護張嘴大嚷：「哪有這麼好的事？」

「奶奶她做什麼呢？」

「晚上一點到三點，她坐在馬桶上，一直不下來。」

「那麼，看護也沒辦法安心去睡囉。」

「我還在喬。」眼睛大且漂亮的看護無奈地嘆口長氣：「如果再喬不過來，奶奶還是白天睡覺的話，做滿三個月我只好走，不然，我的身體會出問題的。」

真的，碰到這樣的奶奶，該怎麼辦呢？

想到我最近常常日間昏睡，不免有些擔心，希望是因為這陣子太忙的關係，希望是眼睛白內障的疲勞引起的日間沉睡。希望自己不要那麼快就變成日夜顛倒的夜貓奶奶，到時候，有錢要請看護也沒用，沒有人願意不眠不休地照顧老人，弄得老人沒大病，自己卻先病倒。

看來，我現在就該喬我的睡眠時間了。

安靜的耳朵

不知道的人以為我們在吵架，不然怎麼聲音那麼吵人。有時候她也乏了，雙手一攤，說：「聽不見，我也沒辦法了。」我喉嚨都喊疼了，她還聽不到，有什麼辦法？

年輕時在啟聰學校教書，那裡的孩子都是不會說話的聾人。剛去任教時，被派在小學一年級教課，並擔任導師。孩子們都聽不見，多半的家長說，是幼小時候出麻疹燒過了頭，才聽不見的。

孩子們聽不見，所以上課特別難，我要教任何一個字都必須先寫在黑板上，然後比手語給他們看，教他們學會這個字。我站在黑板前方，要他們注意看我，但是頂多一、兩個孩子無意中接觸到我的視線，又把眼光移開了。我必須一個一個去拍他們，用手勢叫他們看我、看黑板。

班上共有十位小朋友，等我拍完第十個小朋友的肩膀，告訴他要看我的時候，其他孩子至少有五個已經移開了視線，於是我得再拍他們，甚至三次拍他們，引他們注意黑板上的字和我的手勢。這樣一個字一個字、一個詞一個詞地教著，他們終於懂了，我舉起雙手，招呼著，他們漸漸明白了，這是要「看老師」的意思，於是才能「教」與「學」。

上下課當然不是鈴聲，而是敲大鼓，鼓是在操場上敲的，教室裡也有訊號，那是在教室前方黑板的上方，有兩顆大燈泡，一顆紅色、一顆綠色，綠燈亮了，孩子都會快樂地笑著，比著「下課」的手語，等我的允許，然後歡呼著跑向操場。

孩子跟著我學課文上的字，比著我教的手語，但是，他們之間不知道從哪裡得到的傳授，他們會彼此談天、說笑，小手指飛舞著，讓我這個老師要很認真地看，才知道他們在溝通的是什麼，而他們的速度飛快是我這個授課老師趕不上的，那是只有聾童和聾人之間才有的默契和手勢。

時光如飛，我在聾校教了二十多年，到年齡了，從那裡退休，女兒們一個一個出嫁，雙親漸漸老去，在我和外子的侍候中，他們閉上雙眼遠離人間。然後，我當了奶奶，當了六個孫子的奶奶，我視茫茫、髮蒼蒼的時候，外子和我便住進了養老院。

年輕時候用過的手語，沒想到竟然又派上用場了，八十多歲的艾奶奶很注意運動，每天都要在長廊上快步走動，我也在散步，便會遇上她。可是，我跟她無法對談，我說東，她笑容滿面地點著頭，回答的竟是西，看到我錯愕的表情，她會用手勢向我敬個禮說：「對不起，我忘了戴『耳朵』，我回去拿。」

其實她的重聽很嚴重，戴上了助聽器還是會弄錯意思，所以我只好借助手語，我做出吃飯的樣子，然後在肚子前方畫個弧度。她看懂了，呵呵地笑著說：「吃飽了，吃飽了，我兒子帶我去吃日本料理。」

秀奶奶也是重聽，她也戴了助聽器，可是好像不太管用，每次跟她說話，她都歪著頭，希望聽清楚些，常常還是沒效，只聽到她大聲問：「什麼？什麼？妳說什麼？香蕉？」我必須用更大的聲量，在她耳朵旁邊嚷嚷，有時候她聽懂了，很高興，有時候怎麼聽還是「張飛？什麼張飛？」

不知道的人以為我們在吵架，不然怎麼聲音那麼吵人。有時候她也乏了，雙手一攤，說：「聽不見，我也沒辦法了。」我喉嚨都喊疼了，她還聽不到，有什麼辦法？我心懷惡意地想，和她說話對我的喉嚨不利，以後還是少遇到為妙。

隔壁房的黃奶奶耳朵更是不行，人家來看她，門都快敲破了，她安安詳詳地坐在裡面，倒是四周鄰居紛紛探頭，也不知道該怎麼幫忙，有時候訪客只好留下禮物在櫃台後直接離開，黃奶奶收到禮物總是非常遺憾：「我在房裡，沒戴助聽器，聽不到啊。」

有個耳朵不好的奶奶，她的兒子在國外經商，為了早晚問候，兒子替她裝了一臺擴音的「Skype」，於是她那樓層的人都聽見了她兒子的問候，也聽見她常常大聲問兒子「你說什麼？再大聲一點」的對話。

為了失聰的長者，我們開設了一個「手語班」，大家用手語問候，雖然有時仍會弄錯意思，可是大夥兒在一起嘻嘻哈哈的，也是樂事一樁。

教手語的人是誰？當然是在啟聰學校教學了二十幾年的我，從前教小朋友，現在教老孩子，對象雖不同，樂趣卻一樣多。

外子也開始耳背，他倒挺看得開的，他說：「汽車零件幾年就要換，我身體用了近九十年，還在湊合著用，真是要感恩吶。」

背後請勿說話

那天，無意中聽到新入住的奶奶和別人的談話。「很不友善。跟她打招呼，她都不理。」在說誰呢？

院裡當然也有這等人物，但絕對是稀有，怎麼會被新奶奶恰巧遇上了呢？老人家難免雞婆，我湊過去想知道一些八卦，聽著聽著，我才知道，新奶奶誤會了。那個她嘴裡說的跩奶奶，一點都不跩，她只是耳朵有問題而已。

以前我也遇過她。正面走來時，她會笑著點頭問候，有時還會停下腳步把話說完，可是一轉頭，她就不一樣了，我問她：「剛才妳去大廳做什麼？」她施施然走開，完全不理會我，下次遇到，她仍然是笑臉迎人，讓我想生她的氣都很難。

到底怎麼回事呢？她會主動關心問候我，但一轉臉，她就決絕地走了，任憑我說什麼都置之不理。久了，我才知道她耳朵背，面對面時，她也許經由口形知道對方說什麼，所以應答沒有問題，可是轉過身去，看不到開口張口，又聽不到聲音，她就好像給人家吃閉門羹似的，自顧自地走了。

「這是誤會，這真是誤會。」雞婆的我趕緊幫忙說清楚情況，要新奶奶打招呼時要面對面，不要等人家走過去才開口，「她聽不見要如何搭理妳呢？是不是？」

看來，愈來愈多的人耳朵出問題了。

秀奶奶戴了助聽器，可是她還是聽不清楚，總要很大聲地問：

「妳說什麼？什麼？我聽不見。」

「妳不是戴了助聽器嗎？」

「它也老了，」秀奶奶笑嘻嘻地回嘴：「不行了，剛才妳說什麼？」

有時候附在她耳朵旁大聲說，她會聽到，有時候喊得喉嚨發痛，她還是無辜地兩手一攤，聳聳肩。讓人生氣，卻也氣不起來。催促她去換新的助聽器，她也不去：「我只一邊耳朵可以聽到一點點，另外一邊，什麼也聽不到，換助聽器也沒用。」

碰到她，誰也沒有辦法，不要說在背後叫她，在她面前大聲叫也沒有用，我們得用手拍她、引她注意，她才會張大眼睛看你在嚷什麼，然後把「能」聽的一邊耳朵遞給你，如果還是聽不到，不管別人喊痛了喉嚨，她滿臉的皺紋只是笑，笑過之後說：「有什麼辦法？我九十六歲了耶，聽不到，我有什麼辦法？」

說得倒還挺有理的，我們喊得喉嚨都快破了，遇到她無辜的表情還真的只好認了。

院裡有活動時總會廣播給大家知道，可是走出門來，常常遇到很多爺爺、奶奶彼此互問：「在廣播什麼呀？你聽到了嗎？」這時候，耳朵比較靈光一點的可有用處了，可以複述剛才廣播的內容：「現在有個活動……。」

平常不覺得重要的人，突然重要了起來，因為人家都來請教你了：「在幾樓呢？」「幾點開始？」「現在去會不會太早啊？」小小的耳朵發揮了大大的功效。

我平日有出去散步的習慣，有時則下山去買點日用品，路途中，常會看到院中其他的老者也在散步。我曾很興奮地喊叫他們，可是他們大部分都不理我，我的叫聲徒然引來其他人的側目，現在我變聰明了，不管是不是看起來比我年輕的老者，都不要叫喚，等經過他們身邊的時候，再打招呼就行了，不然吵了行人、吵了路樹、吵了野花，老人家卻毫不受打擾，專心一意地走他的路，不只一次讓我的多情受到打擊。

開同學會時，好多同學都坦承，自己的耳朵壞了，要其他人放大聲音講話，這真是無可奈何的事。

外子也開始耳背，他倒挺看得開的，他說：「汽車零件幾年就要換，我身體用了近九十年，還在湊合著用，真是要感恩吶。」

好笑的是我，每次講了好長一段話，都沒人理我，我望向外子，他很專心地在看最近流行的一本書，根本不知道老妻在跟他講話，理都不理我。外子的左耳比較背，幾乎完全聽不到話，我得注意講話必須到他的右邊，不然可是對空氣說話，誰也不會理我的，然而，在右邊說話，也不能保證一定原湯原味。

那天，我指著電視裡韓劇的男主角說：「他就是演《鬼怪》那部戲的主角。」老爺子「哦」了一聲，說：「演『無賴』的嗎？看起來倒不像。」

朋友打電話來，我不在的時候，都是外子接的，朋友後來都告訴我：「妳先生中氣十足，耳朵很好呀！」那是他的右耳，而且貼在話筒上的，我心裡這麼想，但是沒說，「零件用了近九十年，要心存感謝才是呀！」

摔跤種種

爺爺笑著說：「很多人跌了跤都會傷筋動骨的。嚴重的話，骨頭斷了不說，還要住院開刀的。妳雖然摔了跤，還可以一跛一跛地走路，不是該恭喜嗎？」

每每聽到人家警告：「不要跌跤，老人家最怕摔跤了，一跌，什麼毛病都出來了，千萬小心。」

我們樓層的汪奶奶，在公用廚房門口跌了跤，問她怎麼了？是滑倒嗎？她很無辜地說：「不知道怎麼回事耶，我醒過來發現自己趴在地上。怎麼會摔呢？自己一點都不知道。」誰會願意摔跤呢？沒有人會願意。但是，事情就發生了，有什麼辦法？

游爺爺撐著拐杖來到大廳，大家都好驚訝，他原來走路走得挺好的，「怎麼了？」「摔斷了腿骨。」他苦著臉回答：「你們千萬不要吃安眠藥，我是吃了藥才變成這樣的。」

怎麼回事？安眠藥不是吃了會好睡的嗎？怎麼會跟腿骨扯上關係？原來，爺爺吃了超量的安眠藥，晚上昏昏沉沉地上廁所，才會不小心摔跤。

最多的跌倒事件是發生在浴室裡，雖然處處有扶手，但一不小心沒抓牢，或者力氣不夠，也還是會摔跌的。

我也跌過一次，但不在浴室，是在巷口。那天，下著濛濛細雨，我撐著傘到巷口的郵筒投信，信投過去了，我轉身要走，突然間摔倒在淋濕的地上，雨傘也脫開手，倒在我旁邊，好尷尬啊。我覺得好丟臉，什麼事也沒發生，竟然跌倒在地，趕緊爬起來，把雨傘重新遮回頭上，裝著什麼事也沒有發生的樣子，也不管一邊的褲管坐地上都濕了大半邊，就一拐一拐地回去，希望沒有人看到我的窘相。

這一跌，腳一直痛著，只好去看醫生。照過片子，發現在腳板靠近尾指處有裂痕。醫生原本說要上石膏才好固定，但拗不過我的苦苦哀求，最終沒打石膏，然而他警告我，走路一定要小心，盡量不要動到受傷的部位，否則會很麻煩。

於是，我每天一拐一拐地走路，只用左腳的力，不敢動右腳的。下樓去吃飯，大家看到，都曉得又一個奶奶摔跤了。

這一天，正在取餐，一位平日很愛爬山的爺爺靠近來，他說：「恭喜啊。」

「什麼話，我摔傷了耶，你怎麼還恭喜我？」

爺爺笑著說：「很多人跌了跤都會傷筋動骨的。嚴重的話，骨頭斷了不說，還要住院開刀的。妳雖然摔了跤，還可以一跛一跛地走路，不是該恭喜嗎？」

本來有點不高興的我，恍然大悟之後，禁不住向他謝謝。對啊，事情要往好的方面去想，我雖然痛了好久，回診了三個多月才痊癒，但是比起那些跌得更嚴重的人，我真是該慶幸的。

跟我住同一樓層的黎奶奶也摔了一跤，我們看到她後腦勺上的紗布才知道的。問她怎麼摔的？手腳都沒事，只有腦後破皮流血，跌得好奇怪啊。

她說：「昨天太熱了，我想開電風扇。」她的電風扇是立扇，開關在圓盤上，必須要彎下腰去開動的。但是她並沒有彎下腰去，她站著，用單腳去踩那個開關，結果站不穩，人向後倒，腦袋撞到壁櫥上……。

人家摔傷了，一定很懊惱吧！但是鄒奶奶和我卻忍不住偷笑，不只笑一次，每天黎奶奶換了新紗布上來，我們就覺得很好笑、荒誕。

黎奶奶有請看護，為什麼她不叫看護去開風扇，偏偏讓九十六歲的自己去冒險，用右腳按鈕，讓左腳支撐全身呢？平常走路需要人攙扶的她，怎麼會突然出個奇招，用腳去開電扇，忘了自己的年齡呢？

黎奶奶後腦袋的紗布貼了幾天後才好，我和鄒奶奶每次看到紗布就笑，也知道這樣是很沒有同情心的表現，但是，忍不住就是想要笑。

自己摔跤跌傷了，還無話可說。殷阿嬤可冤枉了，她並不是自己摔的跤，是丁阿嬤在大廳摔的跤，她過去幫忙想抱丁阿嬤，結果自己反而受了傷，把腰給拉傷了，一直嚷著說好痛好痛。

「既然沒力氣去扶人家，幹嘛硬要幫忙啊？」我們問她。

「沒辦法啊。」她痛得眉頭深鎖：「她喊我啊，她不喊別人，她喊我呀。」

後來大家都有了共識：有人跌倒了，老人家不許去扶、不許去抱，這樣的事得讓年輕人做才行。這應該是殷阿嬤事件留下的殷鑑了。

曾幾何時

那麼可愛熱情、助人為樂的桃奶奶，哪裡去了呢？想起初識的她和後來的她，真像大夢一場。

認識她，是在卡拉OK室，那是我剛入住沒多久的事。

她向我們自我介紹，她是桃奶奶。她熱情洋溢地說，「歡迎常來唱歌！」這間卡拉OK室的前置作業都是她和另一位爺爺準備的，譬如泡茶、譬如幫忙點歌。她說她八十多歲了，可是看不出來，她的面色光潤、笑臉迎人，她愛唱的都是日文歌。

「沒辦法，我們那時候受的日本教育，會唱的也都是那個時候的歌。」

桃奶奶總是先讓別人唱，唱國語、唱閩南語，大家都輪過了，她自己才點一、兩首日文歌來唱。

我們在那裡有一段歡樂時光，每回享受她送過來的熱茶，讓她幫忙著點歌，然後輪到我們時，接過她遞來的麥克風。

後來，唱歌的人愈來愈多，桃奶奶忙前忙後，有時難免會顧慮不周，為了不讓她忙過頭、太為難，我和先生就不再踏進卡拉ＯＫ室了。當然，我們還是有見面的機會，在大廳或在餐廳門口，每回見到，總能感染到她熱情的笑容。常聽她誇說某某人唱歌唱得真好之類的話語，感受到她服務的快樂和待人的熱忱。

過了一陣子，她的笑容不見了。蹙著眉頭的她敘述著自己肩膀的疼痛。

「怎麼回事？看了大夫嗎？」

「看過，某某醫院和某某醫院都去過了，這一科、那一科的也去治療過，可是，疼痛依然。」

後來，情況更糟了，疼痛劇烈不說，還影響到她的生活，她不能自己洗衣，甚至不能自己洗澡了。然後，她女兒幫她找了看護，有了看護，我們才為她鬆了口氣。

那位從中國來的看護清清爽爽的，她陪著桃奶奶寸步不離，奶奶去唱歌，她也陪著去。太好了，有人照顧她了，我們都鬆了一口氣。可是，不對噢，第一位陪伴看護不見了，來了第二位。

桃奶奶在餐廳門口攔下我們，苦著臉埋怨她的前看護，「太壞了，又愛看電視，又浪費面紙，還嫌給她睡的床不舒服……」

「現在這個看護應該很好了吧！」我們有事，急著離開，桃奶奶卻一肚子苦水要吐，滔滔不絕地訴著苦，已經快一個鐘頭了，她卻沒有要停下的意思。

桃奶奶怎麼了？肩膀痛會讓人牢騷滿腹嗎？真讓人訝異她的改

變。第二位看護沒做幾天，聽說又換了第三位，然後第四位、第五位……。

我們不再是高興地和她見面了，現在的我們幾乎是躲著她，她不是那個熱情開朗的奶奶了，她是憂鬱滿腹、牢騷不斷的老奶奶，老是指責、老是怨怪，讓人遠遠看到就想躲開。

跟我們同桌吃飯的寶爺爺也深有同感，他說：「這個奶奶太怪了，挑三揀四的，換看護像翻書一樣快。」又說：「感冒的她不要，做事不合她意的當然不要，話太多、話太少都不行……」

寶爺爺不知道，初見桃奶奶時，她是多麼地熱情好禮，當然我們更想不到那樣的一個好人竟然變成怨氣沖天、埋怨連連的苦臉奶奶。

因為一再地換看護，桃奶奶的女兒最終就不再替她找人了，反正她一定會嫌棄人家的。最後，桃奶奶從住戶名單上消失，她被送到養護機構去了，他們說，她已經無法自理自己的生活了。

那麼可愛熱情、助人為樂的桃奶奶，哪裡去了呢？想起初識的她和後來的她，真像大夢一場。

往事如煙

從我認識她起，她就沒搓過麻將了，因為黃斑部病變，她看不清牌的緣故，所以「戒賭了！」現在，面前什麼都沒有，她怎麼出張子呢？

有很長的一段時間，我和李醫師、周老師共渡每一個傍晚。

只是閒聊。周老師說我們坐的長沙發椅，是她從家裡搬來的。於是我們注意了沙發的質料，談起她早逝的丈夫。

她的先生在她四十五歲那一年就走了，她沒有生兒育女，於是成了孤家寡人。可是，她又開心地笑了：「幸好我的同事對我很好，還讓我當了她女兒的乾媽。」乾女兒在美國，常常打電話來問候乾媽，還替乾媽買絲巾、買毛衣什麼的。

周老師很得意，她悄悄對我說：「我覺得乾女兒對我比對她親媽好。」

李醫師沒有女兒，只生了個兒子，是和前夫生的。她有時候會提起往事，說自己太忙了，結果丈夫就出軌了。「是我的鄰居。」她說。

周老師很歡喜地提起她丈夫：「是我哥哥的同學，第一次看到我就說：『那是我將來的妻子。』好奇妙噢！後來我真的成了他妻子。」

李醫師則對愛情沒有信心。有一段時間，因為外子身體不適，我們請了看護。飯後，看護會挽著外子的手，在走廊上散步。李醫師悄悄把我叫去：「這樣不行，人會日久生情，散步還是妳陪，不能交給年輕的看護。我以前就是因為太忙了，鄰居太太跑來關心，後來就出事了。」我謝過了她。從此不敢讓看護陪先生散步，免得引起她傷心。

那一、兩年，每個黃昏，我們都很快樂，隨便聊天，有人聽、有人講，一點都不寂寞。以為快樂會一直像這樣持續下去……

可是事實上沒有，比較年長的李醫師，九十歲以後開始有了變化。有時她會快樂地唱著沙啞的歌，有時則抱怨她的養子好久沒有來看她，只在過年的時候包給她一個紅包。

「不對不對，母親節他不是也有來，而且給了妳個大紅包嗎？」周老師提醒她。李醫師好像聽進了周老師的話。

可是不久，她又有埋怨了：「他家的房子那麼大，為什麼不接我去住？我只要樓下一間小房間就可以了。」

「又不是親生兒子！」周老師稍微壓低了聲音跟我說：「人家每逢節日都來看她，包紅包給她，還不滿意？」

李醫師親生的兒子在美國，只有十月會回來。李醫師常常埋怨她的養子，我們聽聽也就算了。後來，她彷彿記起了她是「醫師」的事實，我和周老師都不能提起有病，甚至我坐著搥搥腰也不行。

「腰痠是不是？我來給妳按摩按摩……」什麼話？我才七十多歲，敢請坐輪椅的九十多歲老奶奶給我按摩？

我趕緊坐直身子，手也不敢放在腰上，「我好了，我好了。」

「妳真的好了嗎？」她還興致勃勃：「我有一種藥膏，一抹什麼病都會好，妳如果酸疼，可以拿去塗抹……」

「不不不！我全好了，我沒事！」

後來，周老師跟我都開始注意坐姿了。不可以揹肩、不可以揹臂，更忌諱一拐一拐地走過來，那會讓李醫師重提她的寶膏，一抹百病全消的寶膏。「很貴哦，從美國買來的，我一直鎖在抽屜裡，捨不得用……」

又過了半年吧！周老師也有現象了，她閉著眼，不知道在想什麼。我問她，她會神祕地笑著說：「在想出哪一張麻將牌才好。」

什麼？從我認識她起，她就沒搓過麻將了，因為黃斑部病變，她看不清牌的緣故，所以「戒賭了！」現在，面前什麼都沒有，她怎麼出張子呢？

照顧她的章小姐看到我驚怪的樣子，也不由得笑了。她說：「每天都在問我出哪一張牌好，我說，『隨妳啊。』」

我不曉得怎麼回答，她心裡的牌是什麼？是條子嗎？是萬子嗎？我不知道。但我隱隱知道，過去的一切都將過去了。

忘了我是誰

我的「點頭之交」又少掉了一個。遺憾在我心中緩緩升起，現在還跟我有交談的、跟我點頭互道好的，希望都能長長久久相處下去，我認得你，你也認得我。

我是會講福州話的福建人，每次遇到和我有相同鄉音的老人家，我就會用福州話和對方攀談，覺得開心，有成就感。

其實，起初我不太會說，只是聽得懂，念書的時候，我都用國語，母親則用閩北語，我們都聽得懂對方的話，但不會流利地使用對方的話，所以，等我會用福建語說話的時候，就特別喜歡表現這一塊。

住到養老院來，遇見了一位福州嬤，她是住在二樓的陳阿嬤，聽到我用家鄉話跟她談天，她很高興，也很驚訝：「妳也是福州人？」

有了這一層關係，我覺得我們的交情應該比別人深一點。於是每一次偶遇，我們都使用著別人聽不懂的「怪腔」語言互相問候，感覺到一種說不出的喜悅感。

可是，有一天喜悅感不見了。

在電梯裡遇到陳阿嬤，我用福州話跟她說，「今天下午會變更冷哦。」

她驚訝萬分，「哦？妳也是福州人？妳會講福州話？」

什麼跟什麼呀！她竟然忘了我，我想提醒她，「我們是同鄉啊，妳忘了嗎？」可是見她一臉茫然和陌生，我就噤口了，怎麼回事呀！這麼短的時間，妳就把我忘了？

後來又「陌生」地見過幾回，再來就聽說她被送到養護那邊去了。

偶爾，有外賓來表演，在大禮堂觀看時，也會看到她被看護推送過來，她的臉沒什麼改變，我一見到就想跟她打招呼，可是她的眼神卻全然無動於衷，我完全喚不醒她的記憶了。

「是我啊，是我啊！」我在心裡喊。

茫然沒有焦點的眼睛，不知道在想什麼的眼睛，我舉起手，想引起她的回憶，終於還是頹然放下。

另外一個是圓臉阿嬤，我在卡拉ＯＫ室見到她，她很好心，搬了張椅子坐在一位輪椅阿嬤的身邊，陪著唱歌。輪椅阿嬤是由養護那邊推過來的，她很會唱歌，會跟著螢幕唱，她有一點打扮，會在頭髮上夾著金色的髮夾。

髮夾阿嬤好像對人沒有什麼興趣，對老歌才有興趣。旁邊陪同她一起唱歌的圓臉阿嬤，應該是對髮夾阿嬤有興趣。她們之間沒有言語，音樂響起，髮夾阿嬤唱，圓臉阿嬤跟著唱。

我總覺得圓臉阿嬤是好人，因為看髮夾阿嬤孤單一人，所以陪在她身邊，跟她一同唱。雖然不認識，我還是跟圓臉阿嬤打招呼，她也點頭微笑，然後跟髮夾阿嬤一起唱著〈望春風〉之類的老歌。

我每回見到她們兩人，都會特地上前向圓臉阿嬤點頭致意，她也會微笑回應我。

可是，曾幾何時，事情有了變化，我向前致意，沒有人理我，髮夾阿嬤早就不認得人，我對她並無奢求，但是圓臉阿嬤怎麼也不理我了呢？以前點頭微笑的那個人不見了，現在這個人一點反應也沒有，不看我、不點頭、不微笑，甚至，她只是習慣地坐在髮夾阿嬤的身邊，她連歌也不唱了。

我的「點頭之交」又少掉了一個。遺憾在我心中緩緩升起，現在還跟我有交談的、跟我點頭互道好的，希望都能長長久久相處下去，我認得你，你也認得我。

拜託，請記住我，好嗎？

也是一種快樂

她喊著口令：「長高，再長高一點。」駝著背的、僂著腰的，因為老師的要求而努力地使自己長高，也許高了半公分，有人還「長」了兩公分。

早上，在房間裡用著早餐，鋼杯裡盛著的是豆漿，微波可用的方盒子裡放著烤箱烤過的吐司麵包。這是我們兩人的早餐，是我在七點下樓到餐廳去取回來的。其餘午、晚兩餐，我們都去餐廳用餐。只有早上，在房裡慢慢地細嚼慢嚥，一邊看著當天的報紙，了解一下社會上的事、國際間的事……。

突然，他好像嗆到了，咳嗽不停，而且一聲比一聲大，咳到肚子都抽筋了。（這是他事後告訴我的，要不是忍功了得，恐怕我會笑出聲來，什麼？大腿抽筋、小腿抽筋是常聽到的事，肚子也會抽筋？聽到不笑都難。肚子怎麼會抽筋呢？）

當然，這是他苦咳、高聲地咳、咳得快要喘不過氣來的狀況，我要有同理心，同情他、拍他的背，直到他咳得精疲力竭，眼淚鼻涕都分不清楚，但終於停下來的時候。

「怎麼回事啊？」我跟他吃一樣的食物，為什麼他會咳嗆成這樣？

「我哪知道？老囉！連吞口水有時候也會嗆到。」吞口水嗎？這真令人難以想像，自己的口水怎麼會無法順順地嚥下喉去呢？

有一天，我去某位奶奶家，她女兒恰好買了一袋切好的鳳梨。她邊吃邊用叉子揀了一片給我，還邊說：「好——甜噢！」

我把鳳梨塞進嘴裡，突然間，果片卡在喉管處，不上不下，於是尷尬的一幕就上演了：我咳呀咳的、咳呀咳的，早把鳳梨咳出來了，但是甜汁還在喉口，刺激著喉頭⋯⋯。眼淚一把、鼻水一把，還在咳、繼續咳，好像天地悠悠，再也不停止。

終於止了，這才明白能順順地吞嚥是多麼快樂的一回事，雖然仍不明白怎麼會肚子抽筋，但是對常常咳嗆的他，不免多了幾分同情。

有一天，不同樓的某位奶奶向我招手，低聲囑咐我去她房裡一趟。什麼事呢？我依囑前往，赫然發現她桌上兩包滷味，她打開包裝，邀我共食。

「是非常好吃的滷肉和很Q的豬尾巴。」

「這很好吃耶，妳為什麼不留著自己吃？」

奶奶笑著解釋她的無奈：這些是女兒買來孝敬她的，當然也希望媽媽分給院裡的朋友享用。可是，奶奶搖著頭，苦笑著說：「上一回的肉片，XX和OO都嫌硬，說咬不動，這次還加上豬尾巴，更不得了了，那麼硬的豬皮分給他們，他們咬不動怎麼辦？」

我吃了一片又一片的滷肉，啃了一截又一截的豬尾巴，吃得肚子都飽了，她還不放我走，要我再多吃，因為隔餐就不會那麼好吃了。

哇！我撐得飽飽的，吃得滿意非常。可是不禁想到，有一天我也會咬不動的，那……不想以後了，目前能咬動硬肉和韌筋就該偷笑了。能咬能吞應該也是一種老人中少見的幸福快樂了，我實在該知足的。

今年，院裡新請了一位教練，每週四來教老人做樂活運動。在大廳裡，凳子排成大圈圈，大家跟著老師做各種活動。這是個快樂的活動，一邊做，老師還要求大家喊出一二三四五六七八……直數到十，邊做邊喊。很久沒有大聲喊叫了，現在在老師的要求下，大家都很高興地邊喊邊做著各種動作。

老人多半在不知不覺間駝了背、彎了腰，變成現在這樣僵硬的姿態。但是，別急。有個動作，老師特別要求大家「長高」。她喊著口令：「長高，再長高一點。」駝著背的、僂著腰的，因為老師的要求而努力地使自己長高，也許高了半公分，有人還「長」了兩公分。

老師用的詞真好。她不是要求：「挺起腰來！」也不是說：「腰要用力，要用力。」更不是說：「不要駝背！」她是正向地說：「長高！再長高！」結果老人們一個一個不知不覺地長高了，雖然可能下一個動作就矮回去了，但是現在，的確感覺得到自己「長高了」。

對大廳裡做運動的老人家來說，最近，「長高」真是讓人開心快樂的事。

四不像

也許，平日我可以假裝不太老，戴頂漂亮帽子掩飾禿頭，可是在醫師面前，在抽血檢驗報告上，我瞞不了經驗老到的醫師，明明八十歲了，還想躲什麼躲？

那天下午手機響了，我趕緊從包包裡掏出來聽，很少有人打手機給我的，會是誰呢？

我「喂」了一聲，那邊傳來一個男人略顯渾厚的聲音：「是黃XX女士嗎？」

「是的，請問您是？」

「我是您的新理財專員。」

噢，又來了，我趕緊告訴新專員，我年歲已高，先生身體不怎麼好，所以，我是不做任何理財的，因為活存比較適合有急事時取用。

這個專員倒很配合，他說會把自己

的名字、手機號碼傳給我，我可以隨時找他，而他不會勉強我做任何事情。

在結束通話之前，他忽然說：「您的聲音不像您這上面所寫的年齡哦。」

放下電話，我不禁想，八十歲的聲音應該是什麼樣子呢？母親的聲音很細很嫩，直到八十五歲離世為止，從來沒有所謂的「老」聲。我應該是遺傳了她這一點，所以聲音還不像八十歲吧！

我不禁仔細想了想，在外人的眼中，我像幾歲呢？如果光看頭髮，我稀禿的白髮絕對稱得上九十高齡；如果看臉上的皺紋，可能八十歲，因不仔細看，只覺得細紋多、深溝少；不小心看到手背、小腿的細紋，才知道老嫗指的是誰了，怎麼？被風吹皺的漣漪一整張地鋪在我手背上，拿也拿不掉，想忘也忘不了呢！以皺皮來估計，恐怕不只八十歲。

不看這些了，想想身體的狀況吧！血壓藥吃了將近二十年，前不久去做例行檢查時，醫師根據我血壓的數字居高不下，告訴我要再加半顆藥，不是常吃的脈優，是除了一顆脈優之外再另加半顆別的藥種。我愁著眉頭問醫師，「這半顆藥什麼時候可以除去？可以除去嗎？」醫師搖頭，他認為可能性不大。

我不禁嘆氣，面對活潑開朗的醫師說：「真可憐，藥愈吃愈多。」醫師安慰我：「都是這樣啊，愈老藥吃得愈多嘛！」他真是個誠實的醫師，讓我無法不是個傷心的病人。

也許，平日我可以假裝不太老，戴頂漂亮帽子掩飾禿頭，可是在醫師面前，在抽血檢驗報告上，我瞞不了經驗老到的醫師，明明八十歲了，還想躲什麼躲？老了就是要吃更多的藥的。傷心之後我接受了現實。

再檢視自己為了想要身體健康，每天都出去走路，由於背還不太駝、腿相當有力，所以走起來，並不像一般的老年人那麼遲緩猶疑，人家給了我很高的評價：「哪像這個年紀的人呢？說妳六十歲還差不多。」聽了，能不歡欣鼓舞嗎？能不更堅持每天一定要去走路嗎？

九十歲的頭髮，八十歲的皮膚，六十歲的腳力，這些矛盾的組合就是我。不只這樣，還有些說不出年齡的狀況，身上這裡那裡的痛，眼睛的乾澀，腸胃時時不安的躁動，也不曉得該歸類於哪個年齡。

慶幸的是，心是年輕的，不是指心臟，心臟是有些狀況的、是不健康的。心卻是年輕的、健康的，雖然嘴裡承認老了老了，心裡卻常常忘記，並沒有真正記住自己的年齡。這麼一算，心是最年輕的一環，它常常飛越許多年月，回到單獨和母親生活的日子，回到讀書的日子，回到新婚的日子，回到帶著三個孩子的日子。心絕對不老，它可能五十歲、也可能只有三十歲，但是外面的自己早已老了。

理財專員誇我的聲音不似我的年齡，引起我一番思索，我像八十歲嗎？有的部分像，有的部分不像，有超過九十歲的，有不到五十歲的。懷念起母親，我還是會躲在被窩裡哭，自覺像個孩子，是個未成年的女兒。

奇怪的我，奇怪的組合，我認真想了想，應該說，我是「四不像」，是個矛盾的組合吧！

輯參

心裡的家

愛屋及烏

有時候，是別人點的歌，麥克風在別人手上時，梅家小姐也不讓她的老爸無聊，她牽起老爸的手，在地板上跳起舞來，是我不懂的什麼三步、四步、恰恰等。

一走進養老院的大廳，就會看到那個大魚缸，我在任何地方都沒見過這麼大的大魚缸。

聽說那是一位住戶的兒子送給養老院的，他的父親和母親都住在這裡，為了答謝養老院照顧他的爸爸、媽媽的意思吧！那水族箱比許多地方的水族箱都大，不只是大，幾乎還高上兩倍，我從沒見過這麼大的大魚箱。

櫃台的陳先生帶我看四周環境的時候，特別介紹了這個大水族箱。他指著裡面悠游自得的魚告訴我，「那是小紅魚、那是霓虹……，都是相當貴重的魚。」飼料費怎麼辦？沒問題，都是梅爺爺、梅奶奶的兒子負責提供的。

那些小魚在綠色的海藻之中快樂地游著。我沒見過梅爺爺他們，但我也感染了那份愉快，看著精心設計的魚缸、想著兒子，做父母的豈不知道這是一份孝心？

只是，這麼大的魚缸，總要換水吧！總要清潔吧！那可是大工程噢。陳先生聽我這麼一說，笑瞇瞇地回答我：「放心，這一切都不需要我們費心，梅家公子負責所有費用，他請人清理魚箱、定期保養，不用養老院的人員費心，也不必花費養老院的一分一毛錢。」

這個生機盎然的大水族箱給人留下了很深刻的印象。

後來我們在餐廳見到了梅爺爺和梅奶奶，兩個人的身體都不很好，爺爺在咳嗽，奶奶看起來挺健康的，但據她說她的毛病並不少。

梅家女兒常來探望父母，給他們帶些愛吃的食物，和他們一起用餐，羨煞了很多兒女在上班或在外地不能時時回來探視的爺爺、奶奶們。

梅爺爺的咳嗽並沒有漸好，幾乎有愈來愈嚴重的趨勢。可是，他不咳的時候完全看不出病容，他是很講究的，總是襯衫筆挺，領帶顏色鮮豔，還穿著剪裁合適的西裝。

有一次，我到視聽室去聽人家唱歌。梅家妹子來了，原來他爸愛聽歌，身體好一點的時候都會來唱卡拉ＯＫ，女兒找不到他，就知道他一定在這裡，也就找到這裡來。

梅家妹子來了，不但她的父親高興，我們在一旁點歌或聽歌的人也都沾光，因為她總是準備一大包的零嘴，讓每一位爺爺、奶奶吃。

梅家妹子來了，卡拉ＯＫ室的氣氛也熱鬧了起來，因為她會主動為她老爸點歌，她也跟著唱，年輕的聲音響起，大家都忘了這裡是養老院，也跟著大聲哼唱起來。

有時候，是別人點的歌，麥克風在別人手上時，梅家小姐也不讓她的老爸無聊，她牽起老爸的手，在地板上跳起舞來，是我不懂的什麼三步、四步、恰恰等。但我看到西裝下身材筆挺的梅爺爺摟著女兒翩翩起舞時，我不由得陶醉了。

梅爺爺應該更陶醉吧！陶醉在女兒的擁舞中，陶醉地回到年輕時健康快樂的時光中吧！

舞蹈結束，梅小姐會領頭為父親鼓掌，誇他，「跳得真好。」「一點兒都沒忘掉。」

梅家妹子時常來，有時候和母親談論著什麼，多半時候和父親唱歌、跳舞，把歡樂的氣氛帶給父母親，也同時帶給了在一旁的我們。

後來，梅爺爺身子更不好了，聽說兒女們把爸媽接回家，請了看護，也就近照看父母。

那是多年前的事了，後來，梅爺爺和梅奶奶的印象在我們心中漸漸淡去。不，不是完全淡忘，當我們走過大廳，看到那個比一般魚箱至少長一倍、大一倍的水族箱時，我還是會想起，那是梅爺爺的公子送的，我也偶爾會想起，把糖果分發給跟爸媽一起住的鄰居們的梅家小姐。

許多的事情也許過去了，但永遠不會真的被忘掉。

牽掛

怎麼樣的一連串牽掛啊！兒子惦著國內的父親，妻子惦著有病在身卻擔心父親狀況的丈夫，她無能為力，只能哭泣……。

每天中午十二點，隔壁房間的視訊電話就開始響起來，是蓮奶奶的兒子從加拿大打來的。蓮奶奶耳朵重聽得不得了，即使戴了助聽器也偶爾會「雞同鴨講」，所以她的兒子為她裝設了超大聲的視訊，這樣，奶奶就可以聽到兒子的問候：「媽，吃過飯了沒？」

「兒子，」蓮奶奶快樂地回答：「我剛剛吃過了。」

母親和兒子的通話，不是只有他們兩個人聽到，我們這些住附近的鄰居都「分享」到，因為聲浪實在是太高了，想不聽都不可能。久而久之，她兒子的聲音我們都聽熟了，她家視訊的聲音我們也聽熟了，機械的聲音響起，我們都會相互一笑：「蓮奶奶的兒子來電話了。」

偶爾，視訊會沉默一陣子，這時候我們就會看到蓮奶奶高大帥氣的兒子出現，陪著她母親外出。

「我兒子！」蓮奶奶很開心地介紹：「從加拿大回來陪我回診。」

其實，蓮奶奶才八十來歲，走動沒問題，自己去看診也毫無問題，不過，每次回診她兒子都會回來陪她。她見了人就笑：「我兒子孝順，總是要回來陪我。」我們也為她高興。

偶爾，大家聚在一起時，我會提到蓮奶奶的兒子，提到他每天中午的視訊，茉奶奶說：「我女兒是每天早晨九點打給我的。」

「每天？」

「是呀！每天。」茉奶奶說：「她從美國打過來，我們固定在九點，那個時候我差不多什麼都準備好了，可以通電話了。」

香奶奶的女兒既不住加拿大，也不住美國，就在台灣，就在台北，而且就在離我們養老院不到公車十站的距離。不過，她的女兒也每天打電話給她，跟她無話不聊。

「我們也用視訊，」香奶奶說：「不過有事還是可以走動，不是一直盯著對方講話的。」

「講電話的時間長嗎？」

「每天一個小時，」香奶奶頗有些得意：「固定的，每天下午四點到五點。」

什麼？哪有那麼多話？可見女兒的孝心了，她怕母親太寂寞，她又不能每天來看媽媽、來陪媽媽，於是，用視訊一小時的電話來表達她的孝心。

還有好幾位兒女在國外的爺爺、奶奶，因為跟他們不熟，所以一直不知道他們跟兒女是怎麼聯絡的，又是多久聯絡一次的。

一天傍晚，我要步行出去買些東西，在山道上遇見余爺爺的兒子，余爺爺有糖尿病，他的兩個兒子，一個在中國工作、一個在美國久居，在中國的兒子因為工作關係比較常回台灣，因此和父親見面的機會較多，我遇到的是長年在美國的兒子，他每天晚上八點會打電話給余爺爺。

「回來看爸爸？」我知道余爺爺前一陣子眼睛微血管破裂，也許不嚴重，但赤紅著的眼睛，總叫人擔心，想來他也是因為這個原因回來看父親的吧！

「嗯。」他微笑地應著。

「沒大礙吧！」

「嗯，」他點頭微笑著，「還好。」

然後，我們就要錯身而過了，卻因為我一句話，他又停下了腳步。

「住那麼遠，一定很掛心吧！」這是想當然爾的事實，遠在國外，心繫著老父親，又不能時時回來，憂心是必然的事。

他突然像對熟人一樣對我說起話來，他說：「我太太畫了一幅畫。」

這麼突兀的話題當然引起了我的好奇，「什麼樣的畫？」

「她畫的是一個半截身子陷在泥沙中的老人，另外有個人趴在泥沙地旁邊，要去救那個老人。」我聽著，眼前浮起那樣的畫面，這是什麼意思呢？

「另外還畫了一個女人，在旁邊哭泣。」我想像著那樣的畫面。

「我太太說，哭的人是她，她為丈夫趴倒泥沙中要去救老翁而哭，老翁是我爸。」我慢慢咀嚼他的話和他太太的畫。耳邊聽到他說自己有心臟病，所以太太也很擔心他……，我的眼淚幾乎要掉下來。

怎麼樣的一連串牽掛啊！兒子惦著國內的父親，妻子惦著有病在身卻擔心父親狀況的丈夫，她無能為力，只能哭泣……。

平日裡並不熟悉，只見過幾次面的兩個人，竟然站在山風吹拂的道上唏噓起來。

悔不當初

花了那麼多錢送孩子去國外，現在自己卻孤單一人，難怪他會後悔當初的決定。不然，週末總會有兒孫來看他、陪他，或者用車載他出外走走。

養老院裡各種各樣的人都有，有善良的、有霸道的、有一聲不吭的、有好長篇大論以訓人為樂的。

張爺爺屬於善良型，他的好心腸寫在臉上，一見到人就笑吟吟，讓人都喜歡親近他；同時，他也不是喜歡喋喋不休的人，他含著笑容到他的樓層，說了再見就回房了，下一回見他，就是下一餐的時候了。

我固定每週三要搭小巴外出，八點三十分就會到候車亭去等車，好幾次都遇到張爺爺。

「妳要出去？去哪兒？」他問我。
「我到圖書館，你呢？」
「我就到街上，買點水果。」他晃了晃手邊的袋子。
「不是可以託櫃台幫忙買嗎？」我問。
院裡有一項服務，是每週四替老人家買東西，無論是肥皂、洗衣粉、水果，或其他需要的東西，都可以在採購日當天，或前一天打電話到櫃台登記，星期四的下午就會收到所需要的東西，這時才需要繳款。這是很方便老人的服務，張爺爺也可以託買，不需要自己跑一趟呀。
「沒事嘛！」他笑笑：「我順便出去走走，不要整天待在院裡頭，也算是一種運動嘛！」
這倒是實話，可以動的老人家，院裡都鼓勵大家動一動，所以才有每天下午的體操，目的就是希望大家不要整天坐著不動，以致血液不流通。

張爺爺的想法讓我佩服。其實有很多人都可以動，但是人就是有惰性，舒服地坐著，比外出買東西總是輕鬆些，而且我們都老了，關節都不太靈光了，上下小巴，絕不是輕易的舉動，那一上一下就要稍費力氣了，何況還要提東西回來。如果不是自己要求自己，大多數人都會窩在大廳看電視，而懶得起來走動，更不會大費周章地等車、上車、下車、買東西、提袋子，做你可以不做的事情。想到這個，我不由得更佩服張爺爺了，看他至少有八十五歲以上了，還能自己下山買水果，真是不容易。

後來，我們常在候車的地方見到面，我總向他豎起大拇指，表示我的佩服。雖然大家都是老人，但還是有些區別：六十五到七十歲的，屬於年輕的老人；其次是七十到七十五歲的中堅份子；七十五到八十歲，可以算老人；八十到八十五歲，算真正的老人了；八十五到九十歲，肯運動、肯走動的，都是讓人敬佩的「老」字號老人家了。張爺爺已超過八十五歲，當然算是老而彌堅的模範了。

某個星期二，我又在候車亭旁的綠樹下遇到他，他照樣拎著個袋子，打算去買水果。車還沒來，我們閒聊著，突然張爺爺說了一句：「我很後悔。」

一起等車的我和另一位奶奶都豎起了耳朵。後悔？他做了什麼事現在後悔了？

「我的兒子都在美國，我看妳們常常有兒女來看望，好羨慕。」

另外一位奶奶不以為然地說了：「那你可以去國外，跟他們住在一起啊。」

爺爺搖搖頭：「我去過了，住不慣啊。每次出門都要開車，哪像我們這樣可以隨便走。我住不慣才搬回來，住到養老院來的。」

那麼，這是最好的選擇了。這裡，語言通、公車方便、飯食有人料理，「爺爺，你選對了啊。」

「可是，」張爺爺嘆了口氣，「現在我還可以自理，年紀再大，身體總是會退化的。所以，我很後悔讓他們去國外念書，那時候是美金一元抵我們四十塊的時候耶。」

花了那麼多錢送孩子去國外，現在自己卻孤單一人，難怪他會後悔當初的決定。不然，週末總會有兒孫來看他、陪他，或者用車載他出外走走。

「我兒子他們也當阿公了，他們已經習慣那邊的生活，沒辦法回來長住。」

另一位奶奶說了：「那當然，我們不習慣他們的生活，他們也不習慣我們的生活了，不過，他們常會回來看您吧！」

張爺爺無奈地笑了笑：「會啊，兩年回來一次，住一、兩個星期，像作客一樣……」

當年以為讓兒子受更好的教育，大把大把的鈔票花掉了，那時候，誰會想到自己年紀會老，誰會想到老人出國居住會有那麼多不便，以致現在夜深孤單時會怨恨自己當年的決定呢？

車來了，我們都上了車，車子向山下駛去。我想起一句怨婦詩：「悔教夫婿覓封侯」。夫婿不在，的確是深閨寂寞、後悔莫及，子女留學，是當年自己對他們的期許，誰又知道自己會老，妻子會先離去，爾後遇到的不只是孤單，更有老病的折磨呢？

想到這裡，不禁阿Q式的欣慰：當年無力措籌美金給女兒留學，其實還真是好事一樁了。

被羨慕的外婆

咦！竟然有人認出一年才回國一次的兩兄弟：是他們太帥了嗎？還是因為夾在當中的婆婆白髮太顯眼了呢？不管是哪一種，我都開心，我都得意。

我在植物園門口等他們。等了五分鐘左右吧！兩個高大的人影從我的右邊走過來。是大孫和二孫，他們趁放暑假的時候回來台灣看看我們。

大孫子已經二十三歲了，二孫子二十歲，長得都高大，快到一八〇公分，可是他們都說自己不高，在紐西蘭一起念書的男同學普遍都比他們高。

他們一回來，我這外婆就格外地顯矮了。但是外孫還是原來可愛的外孫，並沒有因為大了、高了，而和外婆生疏了。我們手挽手，像以前一樣到處走。今天的目標是逛植物園，兩個孩子一邊一個，三個人成為H形，H形人到處參觀，看看古城舊跡，看看各種樹木。然後來到歷史館，外婆是免票的老人，只要買兩張學生票，我們三個人就挽著手，H形地踏入了展覽館。

看過各種展品，去二樓飲茶座，三個人據一張桌子，看著外面沒有荷花、荷葉也不茂盛的荷池。年齡相差一大截，也還是有說不完的話。說紐西蘭的物品貴，說台灣的每一種食物都可口，說他們念書學校的教授，假期還要帶他們做研究。說他們在台灣的爸爸快要可以退休了，退休之後，他想到別的大專學校繼續做研究，「爸爸的興趣就是研究。」他們說，爸爸會退而不休，去另一個大學，「只要給他一間研究室，他研究出來的論文就以那個學校的名義發表……」和其他一桌一桌的客人一樣，我們也有著說不完的話。

話題轉到運動方面，兩個孩子都提到爸爸的瑜伽。爸爸是風雨無阻每天去上瑜伽課的，不像一般人太忙了不能去、感冒了不能去，他們爸爸每天必到瑜伽教室，任何事都不能阻止他上課。而且他還替兒子報了名，不管短期的學費比較貴，他每天都帶兩個兒子去，心甘情願地幫他們出學費。

忽然想起每年他們回來，我們都去運動中心的事。雖然外婆漸老，乒乓球不能再打，撞球也懶得玩了，可是，陪他們玩、看他們快樂的樣子總是愉快的。

於是我們決定轉移陣地，去運動中心，三個人下了樓梯又挽起手來，正打算踏出去，忽然有人笑瞇瞇地說話了：「好羨慕妳哦。」是在館內工作的人，應該是媽媽級的：「我兒子都不肯讓我牽，好羨慕你們哦。」──

我們笑著謝謝她，原來我是很讓人羨慕的好福氣外婆呢！太高興了。到運動中心門前，還在心裡雀躍的我，看到大門的玻璃前映出我們三個人的模樣：兩個高個子男孩，牽挽著白頭髮的矮個子外婆。哇！我真醜！這時候我才知道自己的老醜，可是，我又是多麼地幸福！

當然，去運動中心，我是不運動的，他們借了撞球、租了時間，在六號檯前開始玩球。二孫邀我：「外婆妳不玩嗎？」

「不了。」我說：「看你們打就好。」

以前陪他們去，我也摻一腳的，雖然不會，他們會教我，怎麼拿桿、怎麼瞄準，然後怎麼送出桿。我們三個人還比賽呢！在牆上的記分板上記錄，誰撞入洞的球最多、得分最高等等，犯規了還要扣分。

大哥最熟練，但是他也是最常把白球打進洞被扣分的人。二弟穩扎穩打，成績雖然沒有大哥好，至少第二。外婆錯誤屢出，力道不足，有時候推桿出去，連白球都碰不到，可是自己卻笑得很開心，因為孫子肯教我，讓我也玩到撞球了。

今年不一樣了，外婆的白內障又嚴重了些，看東西感到吃力。下午參觀了植物園，現在覺得眼睛需要休息了。所以歪在牆邊的長凳上閉眼睛，偶爾看看他們的戰績，覺得自己也參與了他們。

第二天他們打電話來：「有人告訴爸爸，昨天看到我們三個人手挽手去運動中心。」咦！竟然有人認出一年才回國一次的兩兄弟：是他們太帥了嗎？還是因為夾在當中的婆婆白髮太顯眼了呢？不管是哪一種，我都開心，我都得意。

寶貝！對不起

原來我自己就是統合不協調的弱者，我又過動又懵懂，這些沒有遺傳到女兒身上，卻隔代傳給孫子、孫女了，唉！原來他們的毛病是遺傳自我。

我生了三個女兒，她們都遺傳到老爸的聰明和學習能力，所以念書方面都不需要我們費心，她們也沒遺傳到我的笨拙體能，所以她們會各種運動，擅於游泳、打桌球、溜冰等等，彌補了我體育方面的缺憾。

到了第三代，卻又不同了。第二個孫子，小時候大家覺得他皮、不聽話，很多事情都不跟大人合作。叫他站好，他一定把腿拉成奇怪的模樣；要照相，在前一秒他一定做個奇怪的皺臉，讓大人生氣，可是下一張，他還是扮了鬼臉，直到大家的耐性盡失，他才板著臉很委屈地讓人照相，弄得大人很火大。

跟哥哥、表姊打球，也會弄得大家生氣，因為哥哥、姊姊都乖乖地投球給對方，只有他，球來了，也不知道是有意還是無心，硬是接不到，球跑了，他也不去追，讓一旁看著的大人都生氣。輪到他丟球了，他不但不丟給哥哥，還會向歪裡扔，讓球飛得很遠很遠，讓哥哥去追球。

最糟糕的是吃藥，他是不吞藥丸的，吞下去會嘔出來，那麼磨成粉怎麼樣？更糟糕，連粉帶水吐了滿地，種種這些都讓我們煩心。

第二個孫女被幼稚園老師發現有問題，送去醫院檢查，證實是「統合不協調」，需要去醫院復健部做復健。

什麼叫統合不協調，她媽媽和我都不清楚，我們只知道她的動作奇慢，要出門了還丟三落四的，要上車了，才想到什麼東西沒帶，回頭又是二十、三十分鐘，「太會磨了」是我們的感覺。叫她「磨磨婆」，她也無所謂，反正不痛不癢。

帶她去看醫生是全世界最艱難的任務。她的牙蛀了，媽媽帶她去看牙醫，卻一事無成地回來。

「怎麼了？」

媽媽說，一見醫生她就大哭，嚎啕不已，等到醫生拿出器械，她馬上緊閉嘴唇，不留一絲縫，任醫師好說歹說，她就是不張嘴，當媽的也無可奈何。於是牙愈來愈爛，沒有人有辦法治她，到了國中二年級，才終於遇到了一位牙醫，用兇狠的態度和言語對她，才讓她張了嘴，治療了她一嘴的爛牙。

她的媽媽告訴我：「吳醫師好兇哦。」

「好！」我拍掌：「太好了！」終於有人可以制她了，我才喜歡呢！

有一回，兩個孫子和他們的表妹來養老院看外婆，我們在一塊兒聊天，談到表妹寫功課一點也不專心，明明半個鐘頭可以做完的作業，她可以拖四、五個小時還沒做完。第二個孫子說：「注意力不集中吧！那是過動症，我小時候也是。」這樣敞開談話，讓大家都開放了起來，比表哥小八、九歲的表妹也活潑地承認了自己是過動、注意力不集中，以及彆扭等等。

我當然高興他們有這樣的談話，更高興二孫子的學業現在是班上數一數二的，他似乎已掙脫過動症的網，發揮出自己高於旁人的智力。二孫女好像還沒有掙脫那個網，問她的成績，她總是很不在意地說：「我不是倒數第一，大概倒數第三、第四吧！」大人聽了她的語氣，真是拿她一點辦法也沒有。

現在二孫子已經在紐西蘭的大學念醫科，成績相當不錯，教授很看重他。我把小表哥的事講給表妹聽，最後安慰她：「過動症可能長大就會好了，加油，妳看小表哥就知道了。」我是在安慰她，更是安慰自己。

不知道是哪一天，天濛濛亮的時候，我醒了，睡不著，許多陳年往事浮上心頭。我想到自己讀小學的時候，老師在課堂上講什麼，我都聽不進去，我的腦裡迴旋著一首歌：「蝴蝶飛，飛到花園裡……」想著想著我便張開雙臂舞動起來，老師忽然叫我的名字：「黃ＸＸ，妳在做什麼？」我收回翅膀，坐著，腦筋又轉到別的地方去了，老師在講什麼？我從來沒有注意到。

呀！原來我是孫子、孫女注意力不集中的始祖！我恍然大悟，功課一直弄不清楚，內容完全打不進腦子的我，到師範畢業都還糊里糊塗。我的開竅是在大學時期，那時候我才懂課本的內容，知道先預習，等教授講解之後，又再複習一遍，那才是我懂讀書的開始，之前都是渾渾噩噩，完全不知道書中說什麼，幸好記憶力還好，在考試之前死背，也就一路險險地通過。

原來我自己就是統合不協調的弱者，我又過動又懵懂，這些沒有遺傳到女兒身上，卻隔代傳給孫子、孫女了，唉！原來他們的毛病是遺傳自我。我在心裡說：「寶貝，對不起，一切源頭都是外婆，對不起啊！寶貝！」

誰乖

兒子每天下午都會推母親過來，一連好幾年，天天如此，而且大聲地告訴她：「妳是這裡最漂亮的老奶奶噢。」

那是一場小型的鋼琴演奏發表會，不同於平常的是，老師要求家長們聽完了彈奏，也要表演一曲，家長們不會彈琴，只好演唱了，他們各自拿了曲譜回家練習。那天，小朋友的演奏都表演完了，家長們就坐在觀賞席上唱他們練習了好幾次的歌曲。

家長唱完了，小朋友在老師的引導下鼓掌、熱烈地鼓掌。然後，我的孫女小聿特別回過頭來，在她媽媽的手上輕拍了拍，說：「唱得好好。」

女兒把這件事情告訴我的時候，笑得很高興。我想像小聿肥肥的小手輕拍媽媽的樣子，也很感動，尤其聽到她誇讚媽媽「唱得好好。」就像我們平常誇她似的，「做得很好。」「寫得不錯。」她竟然童言童語地誇媽媽：「唱得好好。」她到底是真的覺得自己的媽媽唱得特別好？還是一種安慰和鼓勵呢？

反正，媽媽、外婆都為這句話高興了好一陣子。那是小聿四年級的事。

我住養老院之後，曾把自己熟悉的手語拿來教一些有興趣的同伴。大家一起用手語「唱」著〈當我們同在一起〉、〈望春風〉、〈月亮代表我的心〉等等。一年結束的時候，我們會有一次成果發表會。每位爺爺、奶奶各選一首歌來表演，院中的替代役會幫爺爺、奶奶照相，把他們的手語拍攝下來做為紀念。

今年舉辦成果展的時候，剛好有兩位奶奶的女兒從國外回來探視，我們當然請她們來當貴賓，也歡迎大家邀朋友來觀賞，一同快樂。大家都玩得很開心，笑得很高興。

輪到一位奶奶表演〈小城故事〉了，她從南美洲回來的女兒睜圓了眼睛看媽媽的手語。手語表演完了，我邊拍著掌邊走向從南美回來的「女兒」，「媽媽很棒吧！」我的話剛說完，就愣住了。「女兒」的大眼睛中含著晶瑩的淚珠，她含著淚微笑鼓掌。我知道她在為母親高興，母親在這裡不寂寞、有朋友、有學習，讓她的掛心得到安慰。那是我見過最美麗的淚珠，每回想起，就會為那位「媽媽」感到欣慰。

大約是住養老院的第四年吧！我見到了那位「最美的」奶奶。她不良於行、坐在輪椅上，由一位中年男子推著，她不是住在我們這一邊的居民，她住在養護部。每天下午，她的兒子推著她來安養這邊，帶她看宅外的山樹，大聲和她講著話。

母親沒有出聲說話，也許有，但很小聲，我聽不見，但我常常聽見她兒子大聲地問她：「妳是不是最漂亮的奶奶啊？」「妳最漂亮，對不對！住這裡的，妳最漂亮？對不對？」

兒子每天下午都會推母親過來，一連好幾年，天天如此，而且大聲地告訴她：「妳是這裡最漂亮的老奶奶噢！」兒子那麼肯定，倒引起我的好奇了，她真的是我們養老院中最美麗的奶奶嗎？

有一、兩回湊巧正面遇到，我開口向輪椅上的奶奶說：「妳是最漂亮的奶奶噢！」奶奶沒有說話，兒子卻大聲回答了：「是啊，我們戴奶奶是『最』漂亮的奶奶，妳說是不是？」兒子的話讓我忍不住端詳最美麗的奶奶。瓜子臉，眉眼清秀。但是「最漂亮」也不一定吧！難道沒有別人比她更美？

後來有一陣子，不見母子兩人推車出現，我也不以為意，可能他發現了更好觀景的地方，帶他最漂亮的媽媽前去觀賞！

那天，又見到久違的美麗奶奶，她身邊不只兒子一人，還有聘請的看護。

「怎麼那麼久沒見到你們？」我很冒昧地問了他。

「啊，她中風，住院了很久，剛回來時，也不方便出來，要休養。」

他們三人在茶藝館，兒子坐在左側，看護坐在右側，最美麗的奶奶坐在中間。兒子一直抓著母親的左手上下搖動，看到我好奇的表情，他說：「右半身可以動，左半身不能動，所以我抓她的手上下搖一搖，這樣比較有點互動。」

我仔細看奶奶，只有左眼略微斜垂，其他依然美麗，我不知道她的兒子是不是依然問她那個問題：「妳最美麗，不是嗎！」

兒子告訴他的媽媽：「朋友來看妳了。」媽媽微微點了點頭。兒子靠近媽媽耳邊，大聲說：「媽媽——乖，媽媽——乖。」

他換台詞了，不是叫她最漂亮的奶奶，他稱讚奶奶「乖」。我噙著淚走出茶藝館，還聽到兒子說：「媽媽——乖。」

我想到自己的母親，她在世的時候，我誇過她美麗嗎？我曾經稱讚過她嗎？

母親的笑容

唉！一生坎坷的母親，難得有輕鬆的時刻，她過世也快十五年了，我深感後悔，在那些最艱苦的歲月裡，為什麼不讓她多笑幾次？

母親在福建讀過女中，應該算是相當有學識的女人，但是嫁給父親後，她專心管家，除了買菜，從來沒有跨出過大門半步。

因此，在父親因白色恐怖牽連被羈押後，母親頓時陷入了困境，只有三個人的家，失去了經濟支柱，她要如何謀生，將十歲的我養大成人呢？

學歷證書留在家鄉，跟社會早已脫節的她，怎麼謀生呢？除了獻出勞力，她沒有別的辦法。於是，幫鄰居洗衣、照顧幼兒，成了我們母女及在綠島的父親所有支出的來源。

十歲的我，並沒有體恤時時流淚的母親，還經常言語頂撞，偶有不如意就大發脾氣，不知道天已經塌下卻沒有壓垮我，是因為母親獨自苦撐著的緣故。

驕縱的獨生女，不知道天地已全然昏黑，只有母親照亮著我，卻仍然把許多的憤怒言語擲向母親。穿多了，熱了，回來發脾氣，「都是妳啦，叫我穿那麼多。」不然就是，「都是妳啦，也不知道叫我穿厚一點，今天把我冷死了。」當我大聲吼叫亂發脾氣時，母親只有輕聲細語地撫慰我，頂多對無理的我嘆氣：「肝火為什麼總是這麼旺呢？」而我自己也不知道為什麼。

母親問我功課都懂嗎？我會說：「懂。」她問功課做了沒有？我的回答常是：「沒有功課。」「怎麼會沒有功課？」我的火氣就上來：「我怎麼知道，沒有就是沒有。」成績單發下來了，成績當然不理想，母親若略加詢問，我又會惱羞成怒、大發脾氣，自己認為已經盡了力，還要我怎麼樣？

過了初中，進入高中，成績依然沒什麼起色，只有作文還過得去，作文簿上老師常會批「通順」或「流利」，母親像中了頭獎般高興地說：「快謄一遍，給爸爸寄去。」只有這件事，我最聽話，因為父親被判十三年的刑期，囚居綠島，我們出不起旅費去探監面會，只能靠書信往返了解彼此的情形。父親規定我每兩週必須寄一封信，報告母親和我的生活情形，信當然不能寫得太短，可是我除了上課，母親除了幫傭，真是乏善可陳。母親的建議，我欣然接受，因為可以抄文章把信紙填滿。

到了青春期，開始注意起自己的外貌了，從街坊鄰居的口中，聽到對自己的評價，「粗壯倒是有，但不如ＸＸ秀氣。」「沒啥女孩兒味。」一對鏡自照，就埋怨起母親，為什麼把難看遺傳給我？妳的蛋形臉我沒有，偏是像爸爸的六角形；妳的蛾眉我沒有，偏偏像爸爸的八字眉，而且還稀稀疏疏的；爸爸的小腿是直直的，可妳又把O形腿遺傳給我。好的都接收不到，差的都留給我。每當我埋怨她的時候，她都被逗得笑出聲來。

後來，外貌不怎麼樣的我，也成家養育兒女了，當她抱到外孫女的那一刻，臉上綻出慈祥的笑容，這是我看過最輕鬆的笑容。唉！一生坎坷的母親，難得有輕鬆的時刻，她過世也快十五年了，我深感後悔，在那些最艱苦的歲月裡，為什麼不讓她多笑幾次？

最親的人

突然出現了代班，陌生的面孔、從來不認識的人，突然要餵「我」，豈有不驚慌失措的呢！謙奶奶很少說話，大聲叫出的聲音竟是「滾開」！

晚餐時，突然有個粗暴的聲音大聲吆喝著：「滾開！」

轉頭看，原來是謙奶奶，她發脾氣了，在罵誰呢？是她的二十四小時看護嗎？仔細一看，不是奶奶的看護，是個陌生面孔的女子，她正要將飯匙遞向謙奶奶，「滾開！」更大聲地怒喝，「滾開！」這是怎麼了？謙奶奶原來的看護呢？她請假出去了，所以請了人代班嗎？

奶奶是無法走路的輪椅族，她有個二十四小時的看護，進餐時，都是看護幫她把飯菜用果菜機打碎，然後一口一口地遞湯匙，餵入她口中的。

這位看護很疼奶奶，她常常抱著奶奶的頭，親她、吻她，奶奶從前長得好不好看，沒有人知道，但是現在的模樣實在算不上可愛，巨大的臉、塌扁的鼻子、厚厚的嘴唇，我們相見只有招招手，算是打招呼了，她的看護卻整天笑嘻嘻地跟她說話，摟她的頭，親吻她的額頭、她的臉，就憑這些，我們都私下向她豎起大姆指。

看護今天不在家，是代理的年輕女子推奶奶來餐廳，現在要餵她吃飯了，卻遭到兇怒地喝斥：「滾開！滾開！」

有其他好心的奶奶上前勸慰，她告訴謙奶奶：「我是妳的朋友，妳不要這樣……」謙奶奶只給了對方一個白眼，然後轉頭他顧，社工也跑來了，坐在奶奶桌邊，低聲地安慰她，奶奶重聽又失智，她雖然認得社工，卻沒理會他，只對著新來的照護者怒吼：「滾開！滾開！」幾乎到了聲嘶力竭的程度。

看來，今晚的飯奶奶是不肯吃了，只要新的看護一靠近，她就怒吼：「滾開！」代班的看護舉著湯匙，手尷尬地停在半空中。

怎麼辦呢？不吃飯是不行的。社工是男生，而且未婚，讓他餵食太勉強了，坐在謙奶奶四周的我們，雖然已經當外婆，有過餵兒女及孫兒女的經驗，面對跟我們差不多年紀的謙奶奶，也都踟躕不前，不知道會不會被斥責？

正在大家不知所措的時候，一個個子小小的奶奶走到謙奶奶身邊。她是跟謙奶奶同桌的綉奶奶，大約睡過頭來晚了，現在才到。綉奶奶把看護手中的湯匙接過去，遞向謙奶奶。我們想像著謙奶奶又要怒聲罵人了，綉奶奶那嬌小的個子，會承受得了怒喝嗎？奇怪的是，謙奶奶竟然張口了，她沒有發脾氣，沒有發出任何聲響，吃下了綉奶奶餵的飯。

大家一定都呆住了，至少我是呆掉了，謙奶奶竟然肯吃綉奶奶餵的餐食，她不是一直被原來的看護餵著的嗎？她既然怒斥代理看護，應該也會拒絕綉奶奶吧！但是沒有，綉奶奶輕聲細語地把飯匙一口一口地餵下去，謙奶奶也沒發脾氣，乖乖地吃飯。

「她們是同桌的啦！」鄰桌有人提醒了大家：「她認得綉奶奶。」她們每天都在一起吃飯啊。

原來如此，餐廳裡靜了下來，站著的綉奶奶和坐在輪椅上的謙奶奶一般高，綉奶奶沒去拿餐，她一口一口地餵著謙奶奶，還說：「我不餓，我不餓，等一下再去拿就好了。」

餐廳的騷動終於平息，我的淚不知道什麼時候掉進碗裡。謙奶奶只認得原來的看護，她們朝夕相處，猶如親人。突然出現了代班，陌生的面孔、從來不認識的人，突然要餵「我」，豈有不驚慌失措的呢！謙奶奶很少說話，大聲叫出的聲音竟是「滾開」，她一定受到很大的驚嚇吧！

第二天，看到原來的看護笑嘻嘻地推著奶奶進來，奶奶臉上並沒有特別的表情，她就是像往常一樣，順服地坐在輪椅裡，安靜地等著看護幫她打碎食物、餵她吃飯，她不會說話，只有看護問她「好不好吃？」時，點點頭。

看護又問：「好不好吃？妳要回答啊，好吃嗎？」

奶奶點頭，說：「好。」

「說『好吃』！」看護在她右耳邊教她，「好吃。」謙奶奶說。

「對了，好乖。」看護在奶奶額頭送上一吻。

在奶奶心裡，看護是她最親的人吧！這個最親的人是無法替換的。

讓你歡喜，不讓你憂

原來，晴天她常外出，雨天就在院內探訪各樓層的朋友，這些似乎給了奶奶一些微妙的刺激，讓她唇邊有了微笑，目光也會看人，而不是低頭呆坐了。

做長照看護這一行，賺的錢很多，二十四小時看護每月入帳四至五萬，和很多人比起來，算是很優渥的。但是相對地，辛酸也不少，把屎把尿、洗床單洗內褲都算是份內的事，如果老人家「聽話」，一切都還過得去。

在養老院裡，看過許多看護，也看過許多雇主，形形色色，有溫馨、也有辛酸，互動上有溫暖的、也有敵對的。

最近看到有些看護特別用心，讓長者感到窩心。如七樓的看護阿玉，總是推著輪椅上的奶奶外出，計程車來了，她把奶奶安頓好，然後自己也笑吟吟地上了車，出去了。

常常如此，我不免好奇：「妳們去哪兒？醫院嗎？不可能天天去吧！」

奶奶是失智的，她在美國的獨生女為她請了二十四小時的看護阿玉，阿玉來了一陣子，奶奶的知覺似乎甦醒了些，以前總是呆著臉，跟她打招呼沒半點反應，現在跟她說早，她會點頭微笑、不再呆滯了，這讓我有點訝異。有一回，看護從計程車上下來，在推奶奶回房的路上，我不禁問起她，「奶奶跟妳去哪兒啦？」

她笑咪咪地告訴我，「我帶奶奶出去玩，去找我的朋友。我們一起聊天、吃東西。」

「奶奶咬不動吧？」我懷疑。

「比較軟的肉，我會給她吃，她吃得很高興。還有，她看我們聊天，她也很開心……」

「原來如此。」

我想起來，下雨天的時候，她也常推著奶奶的輪椅，一樓一樓地去「訪問」。其實她是去看她的「同事」，和她們談談天的，而奶奶也就會和對方的奶奶對上眼，雖然只是聽年輕人聊天，兩個老人對不上話，但是活潑的氣氛總比在屋裡一直呆坐著好多了。

原來，晴天她常外出，雨天就在院內探訪各樓層的朋友，這些似乎給了奶奶一些微妙的刺激，讓她唇邊有了微笑，目光也會看人，而不是低頭呆坐了。

四樓的貝貝看護，照顧的是還能走動的奶奶，她不需要推輪椅，她的任務是陪伴奶奶，煮奶奶愛吃的東西，聽奶奶說話。看起來不累，其實可累了。貝貝看護要隨時跟在奶奶身邊，奶奶一喊，她就要出現，簡直是貼身丫鬟。

我們常常聽到奶奶的呼喚聲：「貝貝，妳在哪裡？」「來了。」馬上貝貝看護就出現了：「奶奶，什麼事？」

奶奶讓她去市場，她就去市場，讓她去拿藥，她就去拿藥，沒有她不會的事，沒有她不做的事，我們看在眼裡，都喜歡透了這個「萬能寶寶」。

小京看護照顧的奶奶是另外一型，除了小京看護，可能沒有其他人可以勝任。

老人家是個很溫柔的奶奶，可是她也偶有糊塗的時候。有一天奶奶開櫥門，看見裡面東西很多，她不高興了。她問小京：「他們只說住幾天，怎麼把東西全塞來了？是要賣掉我嗎？」

這些問題還真不好回答，奶奶已經在養老院住十多年了，怎麼會是只住幾天？小京是怎麼回答她的？是怎麼把奶奶的注意力引開的？真不容易。

又有一次，奶奶疑心大起，她問小京，這裡每一戶的鑰匙都一模一樣，人家要進來可簡單了，怎麼辦？小京為了證實每戶的鑰匙不一樣，就帶奶奶去一間已經空出來的房間，門是鎖著的，小京要奶奶去試開看看，這鑰匙能開那一家嗎？好讓奶奶消除心中的疑慮。

這個方法是很好的，至少證實門鑰匙雖然「長相」相似，卻打不開別人的家門，小京的想法太棒了。

「後來呢？」

「後來？走到一半，奶奶又不走了，她說算了，有人要進來就進來吧！屋裡也沒什麼東西可偷，我又只好帶她回房。」

這些看護也許沒念過什麼大書，沒什麼大學問，但是她們照顧老人家的方式，她們回答難題的智慧，我是遠遠比不上的。

輯肆

樂活安老

懷念的人

他們如今怎麼樣了，希望大家都安好。要想再見，恐怕很難了吧！只有在心中祝禱，平安就好，不要長期受苦就好，「走」得平順就好。

在養老院住了十年以上，當然認識了許多比我年長或跟我年齡不相上下的朋友。

還繼續在這裡住下去的，可以日日相見、餐餐相見，大家雖然只打個招呼，還是感到彼此是朋友、是同伴、是彼此不嫌棄的老人家。

可是，有的人並沒有一直住下來，他們離開這裡，或者搬回家、或者去另一家養老院，很久不見之後，就難免會有所思念，希望知道他們的近況。

美美奶奶是最讓人懷念和擔心

的，因為她很瘦，到後來常發病，她那丈夫已去世的媳婦就要求把她接回家，親自照顧。美美奶奶回去後，偶有消息傳來，是襄奶奶打電話去問候她而得來的，大家都知道襄奶奶常常打電話慰問老人，所以託她帶話祝福美美奶奶。可是，襄奶奶後來也得不到美美奶奶的消息了，為什麼？她說：「我打電話，都沒人接，不曉得怎麼了。以前美美奶奶有表示過，怕媳婦不喜歡她跟人聊天，所以，我也不敢再打了。」沒有電話來往，我們還是會想念她、提到她、祝福她。

前不久，住我隔壁房的音奶奶說，她要回家去了。

「在這裡住得好好的，為什麼搬出去？一個人住很不好的。」我們告訴她。

「我孫子馬上要退伍了，退伍以後就會結婚，我搬回去，跟他們一起住。」她笑得燦爛。

「可是，誰做飯呢？難道是孫媳婦？」

「我做飯，他們都要上班嘛，我可以負責買菜做飯，大家一起吃。」

音奶奶笑得很開心，但是，聽到消息的奶奶們卻有些懷疑：「回去做飯給孫子吃，這樣好嗎？」

「反正我在養老院也沒搭伙，都是我去買菜做飯給自己吃的，我很習慣了。」

搬出去那天，大家依依不捨地跟她道別，向她道祝福之意，她笑得好開心，「我要回家去住了。」

她忘了自己心臟有毛病，在胸口有植入的心臟調節器，我們卻沒忘記；她沒考慮自己已經八十有五了，再過幾年就九十歲了。我們暗地裡擔心，她可以一直買菜做飯嗎？但是她疼孫心切，和孫子住一起是她的快樂，我們就不方便再說什麼，只有祝福加祝福了。

有一天，無意中遇到一位來探視父親的中年人，提到我們院裡過去的鄰居眉奶奶。

好久不見眉奶奶了，她可好？記得她當年入住時很活潑的樣子。後來她和夫婿鬧不和，老先生和前妻生的女兒生活，她也搬離養老院去跟她和前夫生的女兒生活。從此就沒有了兩個人的消息。

這位先生竟然跟眉奶奶很熟，我當然要向他一探究竟了。我問他：「老先生如何？」他說：「聽說老先生去夏威夷住了，我們後來沒有往來。」

「那麼，眉奶奶呢？她還好嗎？」

「不好，」他說：「中風了。」

他把知道的消息告訴我：「原先眉奶奶是和她的女兒一起住的，後來她嫌女兒管她管太多，不想和女兒住在一起，免得『把我當小孩一樣，什麼事都管。』女兒拗不過她，只好在同一棟大樓裡分租兩處房間，兩人分開住，彼此總有個照應。沒想到，住了一陣子，眉奶奶又鬧了。她還是嫌女兒管太多，她堅持不要在同一棟大樓居住，她要搬離住處，去更遠的地方租房子，女兒最後只好妥協。眉奶奶的住處和女兒相隔兩條街，兩人相安無事地過了一年多，每天都有電話聯繫，有女兒關懷，那是她很快樂的一段日子。」

「後來呢？」我急不待緩地問。

「有一回，眉奶奶的女兒出外旅行，回來後打電話找不到眉奶奶。她的女兒去住處找她，才發現眉奶奶臉朝下仆在客廳地板上，送醫急救後，救回了性命，但卻全身不能動彈，整個人沒有意識，連話也不能說，直到現在快兩年了，才漸有起色。」

我等著他說下去，「眉奶奶進步到什麼樣的地步呢？」

「她會講話了。還有，右邊的手可以動了。」

「只有一邊的手嗎？腳呢？一般中風的病人不是都只有半身不遂嗎？」

不曉得是不是延誤了救治時間，眉奶奶只有一邊的手會動。他遺憾地說：「以前她多活潑啊，現在只有一隻手會動了。」

我很難想像那樣的眉奶奶，也很難想像音訊全無的這些老朋友。他們如今怎麼樣了，希望大家都安好。要想再見，恐怕很難了吧！只有在心中祝禱，平安就好，不要長期受苦就好，「走」得平順就好。

阿見的電話

阿見是我在新北投的鄰居、也是教友，自從我住進木柵的養老院之後，兩個月至三個月間，她總會來一通電話，敘一敘家常。

教友阿見來了電話：「李媽，妳最近好不好？李伯好不好？」

阿見是我在新北投的鄰居、也是教友，自從我住進木柵的養老院之後，兩個月至三個月間，她總會來一通電話，敘一敘家常。因此我知道某位教友生病了、請了外籍看護，某位教友的兒子結婚了、快要有小孫子了……，所有舊友的消息都由阿見的電話裡一一得知。

阿見的先生是軍醫退休，退休後在一所私人的精神病收容所工作，那裡的病友都很喜歡他，只要他值班，他們都會很高興地叫：「楊大夫來了，楊大夫來了。」楊大夫不只是精神病院的現職醫師，他也是教友鄰居的好醫師，不過，他不是看病診療的那種醫師，他是替人打營養針的醫師。

教會的老教友很多都缺少營養，或營養不均衡，楊教友就義務地替他們注射營養劑。我住在新北投時，他就常常替某某師母、某某老弟兄打營養針。這些都是和阿見在一起時，她說出來的，楊醫師從來沒跟我們談這些事，只有我們偶爾問起某人的病況，他才會說上幾句。

阿見很活潑，所有的話都由她來說，她跟教友們都熟，我是不常去教會的一員，所以阿見更覺得她有責任向我報告教友的情況。在北投時如此，搬來木柵後更是如此，電話裡她會問起李伯伯，也會談她家的楊XX，「楊XX現在肚子好大，像懷孕的女人，哈哈哈哈。」「楊XX前些日子腳痛，現在好一點了，又趴趴走，去給人家打針。」

楊醫師和外子同年，楊醫師比較矮胖，外子是永遠吃不胖、而且永遠顯瘦的體型。楊醫師是每次聚會都參加的熱心人士，外子是關在家裡、面對電腦、足不出戶的老宅男，教會有任何活動，他都不參加，認為有我參加就可以了。那時候，楊醫師會和阿見每週六晚上來按鈴探望我們，其實，大家都心知肚明，楊弟兄是來看李弟兄的，因為李弟兄不肯去教會。

但是，楊醫師並不說教，他就像一個親切的鄰居，只是來看你、不是來說你，他什麼大道理都沒說，只跟李弟兄話家常。至於我和阿見，我們就盤腿坐在地上嘻嘻哈哈地談些有的沒的。這樣的日子一直持續了許多年，楊醫師從來沒對李弟兄失望過，也沒表示他對李弟兄有什麼期望。

然後我們搬來養老院了。楊弟兄的腳還可以行走在新北投的街巷間，替人打針、幫人買藥，但是木柵實在太遠了，他沒辦法來。而我們還是了解對方的生活種種，是因為阿見會在電話裡說：「他現在腰痛，走路好慢好慢，我沒辦法等他。」或者說：「穿過公園就到會所，我們十幾分鐘就到了，妳知道他要走多久嗎？」

「多久？」

「要一個鐘頭！一個鐘頭耶！」阿見說：「我要等他，我就急死在那裡了，還好他不讓我陪他，我就自己先去，回來也是我先到家，隨便他多久回來。」

阿見和楊醫師是相親結婚的，楊醫師比她大二十多歲，一個快九十歲的人了，當然走不過還在初老期的阿見了。

還好，阿見也知道楊醫師的優點和能幹，她說：「他腳不行，手還很棒呢！自己會炒麵，炒好了打電話給十一樓的高先生，邀他下來吃，這樣我才可以很放心地在外面跟XXX吃飯。」

前天，阿見電話又來，嘻哈了一陣後，她說：「余老弟兄走了。」

「怎麼都沒聽說他身體不好的消息？」

「他的身體沒有毛病，」阿見說：「前一天晚上還在寫毛筆字，是要送給教友的。」余老弟兄的毛筆字寫得特好，大家都向他要字，這我是知道的。

「然後呢？」

「第二天余師母去叫他起床，他沒反應，一摸，臉都冰了，這才知道他回天家了。」

我對電話中的阿見說：「這樣很好，我們都希望自己能有這樣好的結局。」

阿見說：「對呀，楊弟兄也說，他希望可以跟余老弟兄一樣。」

余老九十四歲了，真是高壽而有福氣的，難怪楊弟兄會這麼想，我和外子也是這麼希望的。

玉蘭花香

後來，常常接受他送的玉蘭，才知道他是為了賣花人而做的善事。他總是幾串幾串地買，見到人就送一朵、兩朵。

住進養老院沒多久就認識他了，是他前來自我介紹的：「我是曹XX，上海人，你們呢？看樣子是南方人吧！」

有了認識的人，心理上就不那麼孤單了，而且他很健談，經過餐桌時，他總有話要說，或者是報上的新聞、或是聽來的笑話，他喜歡轉述給我們聽。而且，他是個很風趣的人，見到面，有時候用國語說「早。」有時候用他的家鄉話說「早上好。」有時候還逗趣地用他不標準的閩南語說：「緊來呷飯。」還有時候秀出他新學到的日文問候。跟他見面，大家都有不斷的笑聲。

住久了，更知道他是養老院中重要的人物，什麼活動都會去參加，如書法班、歌唱班、京劇班等等。課堂上都會有他比旁人靈活的身影。

他對老歌特別愛好，還影印了許多歌曲分送給大家。我也收到一份，裡面有很多電影插曲，曹伯伯很詳細地在影印出來的資料上註明是誰主唱，有時還加上背景的說明，讓我們佩服之餘，也感恩不已。

那些歌曲中，有的我也很熟，如〈夜上海〉、〈漁光曲〉等。但也有一直很喜歡卻找不到的歌曲，如〈王昭君〉和〈夜半歌聲〉，這兩份求之不得的歌現在有了，又有詞、又有曲，讓我可以從頭到尾地把它們學會，我好高興、好高興。

除了愛講笑話，除了分送歌譜，曹伯伯還喜歡送大家花，是新鮮的玉蘭花，一朵朵，見者有份地送，我常常從他手中接過還附有清晨露珠的玉蘭花。

一大早，他從哪裡得到的花呢？曹伯伯笑吟吟地說：「我大清早出去買的呀。」真的嗎？那他一定起得很早囉！

「我坐最早的那班小巴出去的。」

後來，常常接受他送的玉蘭，才知道他是為了賣花人而做的善事。他總是幾串幾串地買，見到人就送一朵、兩朵。他說：「賣花的人好辛苦，大熱天中午也要在車陣裡，下雨天、颱風天也要賣。我沒辦法全買下來，幫他買一點，希望他可以早點回家。」

很慚愧地，我們沒有買，反而是因為曹伯伯而常常收到花，黃色的玉蘭花、幽香的玉蘭花、滿滿曹伯伯愛心的玉蘭花。

原先身子骨相當硬朗的他，不知怎麼的，行動漸漸不便了，他開始推著助行車走路。第一次看到時，我們都發呆了，不知道要怎麼樣安慰他，正在躊躇時，他卻先發話了。

「看到了吧！我的新車。」我還在猶疑，他又說了：「我的愛車法拉利。」

這麼幽默而能自嘲的人，除了破涕為笑，我們都深深地打心裡敬佩他。

「法拉利」用久了，漸漸褪了色，前面籃子裡的東西愈堆愈多。曹伯伯不改幽默本性地告訴我們：「你看！『法拉利』沒有保養，變成『拖拉庫』了。」

後來，他骨痛的毛病愈來愈嚴重，身體漸漸消瘦，我們看著心疼，卻不知道怎麼安慰才好。而他，並沒有發過怨言，只有一次我和他擦身而過時，他輕聲嘆息，像自語也像說給我聽，「唉！真的很痛、很痛，生不如死。」

不久，他住進醫院了，聽說被病痛折磨了好一陣子才去。

好幾個月過去了，有一天我去醫院拿藥，遇到以前一直在照顧曹伯伯的看護阿娥。我沒認出她，是她先叫了我。我們寒暄了兩句，她忽然湊近我身邊沉痛地說：「曹爺爺，真是個好人，到現在、『現在』，我還想著他。」這句話把我的眼淚給逼了出來。

我知道，即使在最後最酷烈的劇痛中，曹伯伯都還是處處為別人著想的，不然，一個看護人員，照顧過許多病患的看護，又怎麼會對他那樣念念不忘，一直強調，「到現在還想著他呢？」

把歡樂帶給大家，有痛苦自己忍受，曹伯伯您是多麼讓人懷念的長者啊。

如今，我偶爾吟唱〈夜半歌聲〉，或聽到別人唱起〈王昭君〉時，總會想起曹伯伯；當我看到賣花人手中的一串串玉蘭，更會想起送花香的曹伯伯。那個風趣的長者，那個同情弱者、待看護如同家人的曹伯伯，永遠活在我們心中，是我們永遠的典範。

不老美人蕉

她的身體傷痕累累，行動極為不便，可是，她笑顏以對、堅韌以對，內心那麼地健康，絕對是讓人又愛又敬的美人蕉。

朋友送我兩串芭蕉，一串是蛋蕉，一串是美人蕉。

拿到手的時候，它們都還顏色青青。蛋蕉比較圓飽，美人蕉則青青瘦瘦的，而且有很多黑黑的烙痕，看起來實在不像她的名字。蛋蕉先熟，外形飽滿、味道香甜，回頭看美人蕉，卻黝黑暗青、一幅不成熟的樣貌。

送芭蕉給我的朋友問我：「怎麼樣？好不好吃？」然後告訴我：「美人蕉會更好吃呦！」

「會嗎？」傷痕累累的外皮，

實在不太出色，難道裡面會不一樣嗎？

終於等到她不再青綠，變黃色的時候了，我摘下一根，並不太期望地剝開她。好奇妙噢，外皮醜陋的她，裡面一無損傷，黃色細窕的身材美好地展現出來。哇！美人蕉！真的美極了，外表雖然黑斑處處，裡面卻完好甜美！

想起我們養老院裡的兩位奶奶，嗯！找到適合她們的名稱了：「美人蕉」。

一位是車禍重傷，手腳變形，無法行走，無法稱心如意地伸手取物的宋奶奶，她長年坐在輪椅上，需要別人推送才能到要去的地方，可是她不理會總是時時作痛的腳，依然到處走。

在院內，她到餐廳吃飯，她到大廳做運動，有各種團體來訪、表演，她都第一時間到達，用她不如人意的手掌，盡力拍打，表示她的欣賞。不但如此，她還很能欣賞別人的好，見到人，總能說出我們沒想到的優點，每次從她口中總是能聽到好話，她在日常生活中，比一般人都正面陽光，她總是笑著，當她不笑的時候，臉上還有笑紋，可見她多麼常笑。

她除了盡力參加活動，還有自己的一套生活哲學。每天，她有兩次在院前陽光曬不到的地方，面向左邊遠眺深綠色的林木，還教我們要常常看綠色樹，對眼睛才是好的。除了這些，她還每月一次或兩次租車出遊，把身邊的好友帶著，一起看美景、啖美食，過一天逍遙的日子，把我們這些能走、能坐巴士的老人都比下去了。

她的身體傷痕累累，行動極為不便，可是，她笑顏以對、堅韌以對，內心那麼地健康，絕對是讓人又愛又敬的美人蕉。

燕奶奶也是美人蕉，她住進來沒多久，不用坐輪椅，「可以」走路，不過走路的方式完全和別人不同。她的腰似乎有問題，直不起來，所以她是臉在前方、身子在後方走路的。為了以防不穩，她帶著一支長雨傘，叩叩地前行。

如果是我們，也許就躲起來了，但是燕奶奶非常大方地走在眾人面前，凡有活動，她也一定來參加，她又常常外出。她去哪兒了？我們不知道，只見她一大早出門，有時候晚上才回來。

我也是常往外跑的人，但我頂多出去半天，有時是傍晚出去走走山路，有時是白天要添購什麼才出去。大家都說我很會「跑」，結果燕奶奶來了，我驚覺她比我更會「跑」。

院裡有手語班，大家動動腦、動動手，學幾首手語歌，歲末圍爐的時候還可以上臺表演。燕奶奶沒來多久，竟然也來練手語了。當她彎著腰慢慢步入教室時，真是把我們都嚇了一跳，她可以嗎？她行嗎？雖然沒有說出口，但是懷疑的眼光還是免不了聚焦在她身上。

上過一堂課，大家的疑慮都消除了，她彎著腰坐在椅子上，好像低人一節似的，但是她記歌詞、記手勢卻比很多人快速，後來，我們上臺表演，燕奶奶也成為當然的一員，大家嘴裡、心裡都是讚賞不已的。

後來我們又聽到更驚人的事情，他們說燕奶奶以前是跑保險的，現在還在做這一行。那就是說，她彎著背繼續去跑她的保險業務！這不也是外表有傷、內在完美的美人蕉嗎？

最近，院裡請了一位教樂活操的體育老師，每週五晚上，讓坐辦公桌的人員去學習、去鍛練，也歡迎老人家參加。那是一個很「操」的運動，大家氣喘吁吁、熱汗淋漓，在人群裡，竟發現燕奶奶也在場，她的腳站不穩，所以坐在座位上練操，她一直練到最後，擦著汗回房。呀！真是叫人佩服的美人蕉。

從那邊過來的

雖然他們能做的活動不多，但是表現出來的卻是全然的知足。可以從養護那邊過來，在安養這邊生活，有幾個人能夠啊？我看到他們的感恩。

人生有沒有奇蹟？在養老院裡，我時時聽聞奇蹟，也見證過經歷奇蹟的人生。

剛進養老院時，人家介紹我認識當時年約七十歲的王先生。

「我是個死去一次的人。」臉圓厚的王先生說：「真的，不騙你們，進來時我是橫著被抬進來的。」當時他已經命懸一線，被抬進養護那邊。沒想到，經過治療、經過健身，他竟戰勝了病魔，他直直地走進安養部，住了好幾年了。

王先生當過老師，有老師的

風範。他在養老院被選為主任委員，每當用餐時間，就見他在餐桌與餐桌之間走動，關心著老人進餐的情況，時時問候著老人家的口味，「菜餚喜不喜歡呀？」「需要什麼佐料嗎？」

王先生在養老院住了好些年，後來搬出去也不是搬回家中，而是去了某宗教團體貢獻他的才學，做他認為對人有益的事。王先生雖然曾有大病，但癒後一點也看不出病容，而且四肢靈活，疾病沒有在他身上留下任何的痕跡。

其他的人就沒有他這麼幸運了。

德先生長得高大壯實，之前也經歷過生死大關。到安養部來，現在一切生活自理。有一回，在餐廳排隊等取餐，我排在他的後面，突然發現他放在背後的兩手跟大家不同，那不是伸展自如的手指，而是沾黏蜷曲的拳頭，這樣的手怎麼能取餐、用餐、做事？

我的驚呼聲使他回過頭來，見到我驚嚇的樣子，他竟微微笑了。

率性把手伸出來，大方地給我看。

「這樣能做事嗎？」

「可以呀！」他伸出左手，左手比右手好，不是五隻手指全蜷，食指和拇指還可以伸展著：「用這兩指。筷子是不可能了，湯匙沒問題的。」他說。

「可是，還有其他的事呢？」

「慢慢來啊。」他的笑容一直不減：「只是慢一點，什麼事都可以做的。」

然後他說出他差一點沒命的故事，「現在這樣，很滿意了。」

我驚嘆連連的時候，他又伸出腳給我看，老天，腳趾也蜷曲著。不過，腳掌倒很厚實，一點也看不出有什麼問題。

「你好棒噢。」我真心佩服。「真了不起。」

「有時候，也會很尷尬啦。」他提到被樓下的住戶罵。

「怎麼了呢？」

「我澆花用水管澆，有時候會控制不好，把樓下人家晾的衣服弄濕，被罵過好幾回哦。」

我看他笑，也跟著笑，我能勸他什麼呢？

他很高興地說，他先是在養護那邊，好不容易好起來，可以自理生活，終於住到安養這邊。

「讓人家罵一罵，有什麼關係？」他還是滿臉堆笑：「我不是故意的啦。」

這位德先生，現在還住在安養這邊，身子愈來愈壯。如果他不伸出手指、腳趾，根本看不出來他有什麼異常。

還有兩、三位從養護「升級」到安養這邊的，我知道的有一位奶奶、一位爺爺。

他們不如王先生、德先生恢復得那麼好。奶奶必須靠推車才能走動，她的生活是可以自理的，只是可能腰仍有些毛病，有時痛著。至於那位爺爺，他原來帕金森氏症嚴重，完全無法行動，當然在生活上有很大的困難；後來，重症奇蹟似地治癒了，他搬到安養這邊來，雖然他的所有動作都比別人慢，但是他很知足，我們常常在卡拉ＯＫ室見到他，他笑吟吟地坐著聽人唱歌，歌唱完了，他用力叫好。

雖然他們能做的活動不多，但是表現出來的卻是全然的知足。可以從養護那邊過來，在安養這邊生活，有幾個人能夠啊？我看到他們的感恩。

我也為他們高興著。

昨日、今日、明日

我擔心了，擔心自己有一天對著電梯，叫它上來或下來，完全不覺錯誤；還有，擔心自己看到飯菜，就朝著目標直衝，不管辛苦排列等待的隊伍，而唯「我」獨尊。

住進養老院超過十年了，是「老」字輩的人物了，見過的人當然很多，形形色色，是外面的人想都想像不到的。

我看著許多人的變化，沒想到自己也在不知不覺中有了不小的變化。

以前，如果有人按錯了電梯的「上」、「下」按鈕，我一定會滿懷善意地告訴他：「不能按『下』，我們要上去對不對？」或者說：「要下去吃飯了，你怎麼按『上』呢？你不下去吃飯，要更上一層樓做什麼？」

有的人回嘴是很兇悍的：「我叫它上來啊，妳不要吃飯啦？電梯不上來，妳怎麼下去？」有的人比較溫和，把我當不懂事的老小孩，告訴我：「是我把它叫上來，我們才可以下去。」

我和護理人員諄諄誘導告訴他們好幾回，那是錯誤的。「要下去、你按『下』，要上去、你按『上』。它是電梯，不是人，不是你叫它，它就來的。」有的老人聽了，沒有回話。不過下一次他還是把電梯當做人，「我要叫它上來。」「是我叫它下來的。」

自覺頭腦清醒的我，一直很受不了這樣的邏輯，可是跟這樣的他們講道理是沒有用的，你言之諄諄，他聽者藐藐，有時甚至要生氣，「我這麼好意叫它下來，你們才有得坐，不領情不說，還怪我不是！」

這樣的人，怎麼跟他講道理？這樣的人，氣他有用嗎？他的火氣還比你更大哩！

不知道從哪一年開始，我改變了。

剛開始當然是無奈的，看到要上樓的人卻按「下」，我在心裡嘀咕，有時候也和旁邊的人搖搖頭，表示一下我們相同的意見。當然我還是會去按正確的按鈕，但是，對「這樣」「頑固」的老人，我不再去跟他講理，也不再生氣，氣死了我，有什麼好處？

最近我發覺自己的變化更大了。站到電梯前，看著「下」的燈號，聽著老人標榜著「是我按它下來」時，我真的一點火氣都沒有了。點點頭，跟白髮蒼蒼的他一起等，電梯下來了，招呼他入內，問他：「幾樓？」然後幫他按了鈕，樓層到了，會提醒他：「三樓，是三樓。」然後看他出去，右轉，走向他的房間。

我竟然溫和以待，怎麼回事？

餐廳是採排隊取餐的，有幾個老人家總是不守紀律，一拐一拐地，走到隊伍前面：「今天吃什麼菜啊！」然後就順理成章地站在那裡了，然後就打菜了。

以前，我會和一些正義感重的奶奶指著那人，說他插隊，心裡更不齒於他的行為。可是，隔著長龍，我們只有互相提醒：「那個阿嬤總是插隊，別讓她插隊了噢。」

那些看似愣頭愣腦的老人「犯者」，有時並不笨，他們會看情況下手，並不是每一次都會擠到前面去的，他們還會判斷情勢。「這個爺爺好說話，他不會罵我的。」然後就跟這個好爺爺邊說話邊站到他身邊，變成長龍中的龍頭了。

我不知道是為了他的面子著想，還是從小就怕壞人，我沒有當面拆穿他，但有人比我勇敢直言，會指著他說：「你每次都不排隊，怎麼可以這樣？」插隊的人還會振振有詞：「只有你說我插隊，別人都沒這麼說！」

我是膽小如鼠的人，最怕得罪人，但是有時候實在看不下去，只有側臉不看，裝聾作癡。有一、兩回，他沒有插隊，跟著隊伍行進，我才敢講話，誇他：「很棒噢，你今天沒有插隊。」看看！我是多麼害羞，多麼沒有正義感！

近來有「新」人入住，偶也有人不守規矩，我們幾個「正義聯盟」會私下指指點點，說他的不是。不過，都不再正面交鋒了。有幾次我反省自己，怎麼了？我不再有正義感了嗎？我不再在意對錯了嗎？為什麼按錯電梯我不說話？為什麼排隊囂張的人，我也視若無睹？

我猜、我想，只有一個理由。我擔心了，擔心自己有一天對著電梯，叫它上來或下來，完全不覺錯誤；還有，擔心自己看到飯菜，就朝著目標直衝，不管辛苦排列等待的隊伍，而唯「我」獨尊。

是這樣嗎？明日的我，將是怎麼樣的呢？我一定在心底擔憂著吧！

樹葉奶奶

除了雨天，我看她沒有不出去的。即使是雨天，她也會趁雨停了，趕緊外出，像攝影師去找尋可供拍攝的美景一樣，永遠追尋著「美麗」。

我住進來時，她應該已經入住一、兩年了。她住幾樓我不知道，但出入養老院時總會碰到她。

我有時是去搭小巴出門，有時是走路回院，總在門口不遠處，看到她的身影。她在做什麼呢？仔細一看，她在撿拾凋落的樹葉。有黃色的、有紅色的，當然更多是綠色的，也有萎落的花，她仔細地在樹蔭下、步道間撿拾。

偶爾靠近，她會抬起頭，笑著對我們說：「你看，多美。」

「是很美，但是天天都來撿

拾，要放在哪兒呢？」

「放到我房裡啊。」她操著標準的北京口音：「美。我喜歡美的東西，你看，這多美，這片有幾個蟲洞，也挺美的，不是嗎？」是很美，沒錯。但是她天天出來撿拾，房裡不是堆滿了這些雖然美、但畢竟是殘花野枝的東西嗎？

「我喜歡，所有美的東西我都喜歡。」她幸福地笑著，不是對我，是對她手上的斷枝蛀葉。

後來我們聊天聊到她，便叫她樹葉奶奶了。

樹葉奶奶天天去尋找落葉，然後捧著一堆「美麗」回來。除了雨天，我看她沒有不出去的。即使是雨天，她也會趁雨停了，趕緊外出，像攝影師去找尋可供拍攝的美景一樣，永遠追尋著「美麗」。

有一次，很不幸地，她被一隻狗嚇到，讓她重心不穩，跌倒在地，更不幸地是一隻手臂脫了臼，讓她好久沒辦法出去拾撿樹葉。可是，膀子好了，她又出現了，在花間草叢裡尋尋覓覓，快樂地拾著樹葉。狗是嚇不了她的，只有「美」吸引她。

可是，人終是會老的。她好像慢慢地也退化了，不再出去尋找花花草草不說，甚至還有了脾氣，有些聚會場所會聽到她厭煩的聲音：「還不散會，是不把我們當人看嗎？該吃飯了，也不給飯吃？」有時候，會和人爭論：「這是我的位子，我每回都坐這裡的。」如果對方不肯讓，她就火大了：「不讓我坐自己的位子，我不坐了，我要走開。」從前的她從沒有發脾氣過，現在是怎麼了？難道樹葉奶奶開始失智了嗎？

發脾氣、動不動就火大的情形，至少持續了大半年。大家認為，情況只會愈來愈糟，那個笑吟吟的樹葉奶奶恐怕再也回不來了。但，奇怪的事卻發生了，以為不可能的事重現在我們面前。那個脾氣大的奶奶不知道什麼時候開始和藹了、笑吟吟了。

她愈來愈和氣，見到人就打招呼，笑得燦爛，看不出是九十多歲的老人家。她笑吟吟地說起住北京的時候如何如何，她又說她是滿人最後一代，她在宮裡是「格格」。於是，我們見到她，就叫她「格格」，她也笑嘻嘻地接受了。

各種聚會，她會在看護的陪伴下出席，她是好脾氣的「格格」，不會堅持自己的位子，不會因為肚子餓而生氣，更不會說人家不把她當人看。她是愈來愈快樂的「格格」。這個讓我們意外的特例，脾氣壞了又轉好的情形並不曾見，如今卻在樹葉奶奶「格格」的身上看到了。這真是讓人特別高興的事。

那天，我出門前，經過麻將間，無意間轉頭一看，一張牌桌上有「格格」和她的看護還有另一位老將軍和他的看護，四個人專注地排著麻將牌，正在愉快地玩著，有誰出了張子，另一個人說「碰」。

不知道他們是怎麼玩的，是真正地打牌？或是僅僅在玩？我不知道。因為我要趕公車出去，沒辦法停下腳步去看他們的局。然而在車上，我突然有另一個念頭：也許，想辦法讓老人家不無聊、有遊戲，也會是一種「治療」？

我這麼想。

臭臉醫生甜護士

也許，年輕的時候，他們都不是現在的樣貌。也許，年輕的時候，我也不會那麼在意人家是臭臉還是笑臉吧！

那是我剛入住沒多久的事。

他和我同樓，但是我一直沒見過他。問了別人才知道他跌傷了，無法走動。過了三個月，他出來了，高瘦的身架子，撐著四爪助行器，一步一步練習走路。

我向他點頭招呼，他沒理我，也許是沒看到吧！我沒有放在心上。下一次，見到他站在電梯口，我便開口打招呼：「下樓啊？」他綳著臉點個頭，正眼也不看我一下，感覺出來他懶得搭腔。想是腿跌斷了讓他很懊惱吧！

後來孫子來找我，在電梯裡又遇見他，他還是一副煞白的、臭臭的臉，好像誰都欠了他的債。我開始有了情緒，照理說，看到孩童，老人沒有不喜歡的，他卻可以臭著臉、瞪著電梯牆，真是太不近人情了。於是我下了決定，以後見到他，我絕不再問好，你有什麼比我了不起的呢？

後來，從旁人口裡，知道他是個名醫，鼎鼎大名的醫師。那又怎麼樣？誰沒有過去的輝煌？所以，我見到他，還是像見到空氣一樣，不理不睬，你去神氣你的吧！我又沒欠你！

知道他摔斷腿的原因，是在好久之後了。他們問我知不知道有人因為打蟑螂而摔跤的？我才知道臭臉醫生是因為追逐小小的蟑螂而跌倒、而斷腿。這真是令人懊惱的事了。讀那麼多書，成就那麼大的事業，卻為了打蟑螂而摔跤，他當然會跌入極端懊惱的深淵。那麼，他的臭臉也就情有可原了。

後來，他被孝順的兒子接回去同住，就此沒了消息。而老人們在浴室發現蟑螂的時候，都會引他為戒，互相警告著說，別因為蟑螂而受傷啊。

我住了兩年左右，有個護士奶奶住進來了。她好慈祥，一臉的笑意，人家介紹她給我的時候，她緊緊抓住我的手問東問西，「幾歲了啊？」「有幾個小孩啊？」「有孫子了沒？」問個沒完沒了，要走都走不開。

她的臉是慈祥的、手是溫暖的，心也一定是善良的。但是在見過幾次之後，我害怕了，遠遠看到她的身影，趕緊繞道而走，就怕她高興地握住我說：「好喜歡妳噢。」「妳有幾個孩子啊？他們常常來看妳嗎？」或者，沒話了，也緊緊地攥住我的手，不讓我走開。

也許握住一雙手，是她的幸福快樂。但是，一直緊握不放，會使我為難。我不忍撥開她的手，也不忍看她失望的面容。人家正開心地看著你，溫柔地問著你呢！你怎麼能狠心甩開她善意的手呢？

臭臉醫師已經離開這裡了，我可以不必看他。但笑臉的護士奶奶才剛入住，我常常躲不過她熱情的招呼、熱情的掌握、熱情的問話，以及更熱情的無言的笑臉注視。

當人家把你當一塊寶，緊緊地抓住握住時，你卻有想逃的衝動。當人家不理不睬，不回答你的好意招呼時，你又會暗地裡生氣，這是怎麼一回事？是臭臉醫師太冷漠了？還是笑眯眯的護士奶奶太過熱情了？或者，根本是我自己的個性難以伺候呢？

也許，年輕的時候，他們都不是現在的樣貌。也許，年輕的時候，我也不會那麼在意人家是臭臉還是笑臉吧！

都怪年紀大了，人漸漸地會變僵硬、變怪異吧！我暗地裡這麼想。

罵人奶奶

她是有心的、她是真心的、她在謝謝我，她可以繼續住在這邊，她覺得是我幫了她。所以每一次看到我，她都收起她的壞脾氣，笑容可掬地對我。

院裡早就流傳著有關她的脾氣。大家都說她脾氣很壞，動不動就生氣，生了氣就罵人，一罵就停不了，她的嗓門又大，罵出來的話又難聽，粗俗得很。

我聽到了傳言，就謹慎地避開她，偶然遇到，也只是點點頭、問問好，不敢多話。怕哪句話戳到她的罵人神經，那事情可大條了，好婆不吃眼前虧，還是小心為妙。

有一年，我當選為樓層委員，委員是每一層樓都有的，委員中再互投選出一位主委，主委可以召集開會、宣布事情。平常都沒什麼事情，那一天，突然主委要大家下午二點到茶藝館開臨時會議，我是乖乖牌委員，雖然不知道為什麼開會，還是按時去了。

每層樓的委員都到了，主任也來了，甚至院長也出席了，事情好像很大條，主委的臉色尤其凝重。到底是什麼事呢？沒有人事先告訴我，我又傻傻地不知道問誰好，來了，就開會吧！我心裡完全沒個底。

委員都來齊了，時間也到了，還不開會，主委面色沉重地說：「再等一下，會來的。」

誰呢？我轉頭四望，看到了她，那個罵人奶奶：圭奶奶，臭著一張臉，非常緩慢地推著她的助行車進來，就座，垮著一張臉。

我一點都沒進入狀況，就聽到主委報告：「她一定要送走，送到養護那邊去。」

怎麼了？我只知道主委常和圭奶奶在麻將間搓麻將，也聽說圭奶奶輸了牌就會罵人，罵的話極其難聽，罵的聲音如喇叭般洪亮，常驚動許多在大廳休息的老人。

但是，為什麼今天特別要開會，要趕她走呢？什麼事啊？我在五里霧中，完全不知道發生了什麼事。

要把圭奶奶送走，好像已成定案似的，圭奶奶卻流著淚宣布：「我寧願死也不走。」

主任沒有說話，她的錄音筆放在她的面前，但是她沒說話，好像默許了主委的決定似的。院長看看四周，看到我，突然問起我來：「黃委員，妳的意見如何？」

要把罵人奶奶送走？發生了什麼事呢？我一點都不知道，但是院長問我話，我不能不答。我只好疙疙瘩瘩地說：「從前在學校教書的時候，學生有錯，要先記警告，再犯，可以記小過，三個小過就是一個大過，三次大過才會開除。一次大錯就開除，好像沒有這樣過，要先警告……」

後來，那天的會議就決定：有錯，要先警告，像學校一樣。

所以圭奶奶平安了，她沒有被送走。院長、主任和委員們都走了，她一個人還坐在那裡哭，她是什麼時候離開會場的，我們都不知道。

後來，日子照樣過，不知道過了多久，偶然間遇到圭奶奶，我正打算閃避，她卻叫住我：「老師，妳早。」我也說了早，想走開，她卻笑容滿面地告訴我：「今天的包子很好吃，是芝麻的。」

事情過去五、六年了，每次圭奶奶都笑嘻嘻地跟我打招呼，沒有一次例外。有時候，她沒看到我，臉是無表情的，但是，一轉頭看到我，她一定笑出滿嘴白牙，很恭敬地和我說話：「老師，妳好。」

本來以為她的笑臉只是偶然，後來發現她是有心的、她是真心的、她在謝謝我，她可以繼續住在這邊，她覺得是我幫了她。所以每一次看到我，她都收起她的壞脾氣，笑容可掬地對我。當然我更希望她從此以後，可以笑笑地對著大家，不再是人見人嫌的罵人奶奶。

打人事件

「很痛呢！」個子小小的青奶奶說。伊奶奶伸手拍我，一邊問我：「這樣會痛嗎？我只有這樣，她就說我打她，這樣會痛嗎？」

那天，在樓下大廳聊天，忽然聽到一陣騷動，我望過去，是何奶奶，她遇上我的眼光，於是向我告狀。

「老師，她打我。」因為過去的職業是教書，所以這裡的人大部分都叫我老師。

「怎麼了？」人之患在好為人師，被尊稱老師，當然要走過去了解了解，我湊過去，看到了何奶奶和一個扁鼻子奶奶在爭吵。

「那頂帽子是我的。」扁鼻子奶奶指著何奶奶頭上的毛帽。

「怎麼會是她的？亂打我！」何奶奶已經躲到安全範圍內，指著扁鼻子奶奶，非常不高興。

我看了看她頭上的帽子，那是一次慈善團體演出時發給大家的毛帽，每個去參加的人都有一頂，原來扁鼻子奶奶弄錯，她以為何奶奶拿了她的帽子，所以發了脾氣，追著她要拿回帽子。

「奶奶！」扁鼻子奶奶平常看到我都會點頭打招呼的，所以，我就介入向她做了解釋：「妳弄錯了，她沒拿妳的帽子，很多人都有這樣的一頂。」

扁鼻子奶奶氣勢洶洶，指著何奶奶頂上的帽子，用閩南語說：「那頂是在日本買的，別的地方都沒有，那是唯一的一頂。」她要去追討，我趕緊使眼色給何奶奶讓她躲遠些，免得遭無妄之災。

還好，社工馬上來了，我把事情始末說了一下，交給社工去處理，他們很有辦法對付各種奇思妄想的爺爺、奶奶的。

又有一次，是晚間七點左右，大家都回房休息了，忽然有人在我房門外發聲，「老師，老師！」

「什麼事？」我推門出去，是八十五歲的青奶奶，她含著哭聲說：「我被打了。」

「這是怎麼回事？是誰？」

她幾乎聲淚俱下地告訴我：「就是那個伊爺爺的太太啊！」

「伊奶奶怎麼了？」

「她打我，不只這一次，這已經是第二次了。」

「為什麼打妳？」

「我不知道，我又沒惹她。」

事情很怪異，「是什麼時候？什麼地方呢？」

「在電梯裡。」她確切地回答。

「都沒有別人嗎？」

「有，她的先生也在，她就很大力地打我。」

「奇怪了，伊奶奶平日不會打人啊。」

「老師，妳不知道，她的手是這樣橫的一條，打人很痛的。」

「哦，是斷掌，她為什麼要打妳呢？」

「我怎麼知道？我來，是因為妳們同樓，我想要去警告她，下次不可以這樣打人，老師，妳說好不好？」

打人當然是不應該，但是，為什麼會打人呢？還在懷疑不解中，伊奶奶剛好路過，被青奶奶逮個正著。

「喂！妳過來！」個子小小、眼圈下面烏青的青奶奶叫住了伊奶奶。

「什麼事？」伊奶奶過來了。

「妳以後不可以再打我了啦！我是要來告訴妳，好痛哦，妳知道嗎！」

伊奶奶抓抓頭，有點無奈，「我哪有打妳，我只是這樣拍妳一下，說妳怎麼這麼瘦，哪有打妳？」

「妳的手打人很痛呢！還說沒有！妳是橫的一條紋，這種手打人最痛了，妳還不是一次，這是第二次了，我是要來告訴妳，以後不可以再打我了。」

伊奶奶說：「我哪有打妳啦？」

「很痛呢！」個子小小的青奶奶說。

伊奶奶伸手拍我，一邊問我：「這樣會痛嗎？我只有這樣，她就說我打她，這樣會痛嗎？」

她又拍了我一下，沒有用全力，但是我感到她的手勁是滿強的。

「這樣會痛嗎？」伊奶奶一副很有理的樣子。

我不能不說話了，她衝著我問了兩遍。

我說：「我這麼高、這麼壯，當然不痛，」三個人之中，的我最高，出手的伊奶奶大約有一五〇，青奶奶像個小學四年級的身子，又瘦又小，我不得不說真話：「她那麼瘦，也許會痛……」

青奶奶雙手合掌，向伊奶奶拜了幾下：「反正，妳以後不要再打我了，拜託！拜託！」

伊奶奶大約也惱怒了，她退後一步，大聲說：「以後不碰妳了啦，絕對不碰妳，我才不要碰妳呢！」

我沒有包公的智慧，無法斷案誰是誰非，不過看到青奶奶終於得到保證，她不會再被「打」了，臉上終於露出雨後的一絲陽光，我也鬆了一口氣。

見怪不怪

「最近有好多怪人噢！」我說。芸奶奶笑了，她說：「不曉得別人怎麼看我們？也許他們覺得我們才是怪人。」

半年前先後搬進來五、六位新住戶。

梁奶奶看起來滿健康的，只是走路需要拄拐杖。她挺健談的，常常在樓下櫃台前和工作人員聊天，一聊就是半小時左右。

發現她有怪癖的人是我。第一次，我聽到「滴滴滴、滴滴滴」的聲音時，並不太在意。後來「滴」太久了，不免好奇起來，誰設定了鬧鐘？鬧鐘響了卻不去理會呢？

聲音在我們這一樓層，所以才會吵到我，我一戶一戶地看過去，查到了，是這個房間！這不是梁奶奶的住房嗎？她怎麼了？為什麼沒聽到「滴滴滴」的聲音，這時候是上午十點，不是睡覺的時候，難不成她在房裡睡著了？我探頭張望，房裡的燈亮著，紗門雖關著，房門卻是開著的。

本來想進去看一看，轉念一想，這是不可行的，萬一房裡有什麼貴重物品不見了，我可百口莫辯。不行，得另想方法才行。我回到自己的房裡，打電話到櫃台，我說：「梁奶奶的鬧鐘一直響……」工作人員回答我：「她正在這裡，我來告訴她。」

這事有點奇怪，鬧鐘設定後，自己在樓下閒談，那，鬧鐘是要叫誰呢？不過，當時我並沒有細想，回房之後不久，鬧鐘的聲音停了，這事似乎就結束了。

然後，第二天、第三天，都有鬧鐘在響，「滴滴滴、滴滴滴」，都在梁奶奶的房間，有時在下午，有時在晚間八、九點。

我最怕這種連續的音響，雖然聲音不高，但一直連續著，耳朵很不舒服。我只好求救於櫃台：「鬧鐘又響了。」然後不久，聲音就停了。

這樣的情形大概發生了四、五次，每次我都打電話到樓下櫃台，外子的耳朵有點背，他完全沒聽到有什麼聲響，還覺得訝異，「離我們那麼遠，妳還聽得到？」

我也很無奈啊！耳朵太精了也不好，太神經質了。

我把苦處講給櫃台聽，表示自己並不是愛多管閒事，實在是聲音擾人。

「梁奶奶的鬧鐘到底要提醒她什麼事呢？」我問櫃台。

櫃台人員扮了個鬼臉，回答說：「我們不知道，也不好問她。」

幸好梁奶奶的房裡終於不再傳出鬧鐘的聲響了。至於她為什麼設了鬧鐘，自己卻趴趴走，我們也就不再詳究了。

跟她同「梯次」進來的嚴奶奶，可沒有她這麼幸運，可以到處走動，嚴奶奶有帕金森氏症，症狀很怪異，電梯門開了，她站在那裡一動也不動，後面的人進不去，少不了會催促她，「快呀！妳不進去我們怎麼進？」

可是，嚴奶奶就是站在門前，分毫不動，後面的人只好側身擠過去。

嚴奶奶絕不是故意搗蛋，擋在電梯門口的，她真的是動不了，要等很久很久，發動機突然動起來，她才會衝進去或衝出電梯。奇怪的是，她平常都能好好地走路，一點兒都不慢。可是一遇到進出電梯，她就像被魔法棒點中的仙女，一動也不能動了。

芸奶奶有一天向我投訴：「我差點被困在電梯裡了。」為什麼？就是因為她先進電梯，嚴奶奶是後來進電梯的。結果，到大廳時，嚴奶奶僵住了，不能動，芸奶奶在她後頭，推著一台助行車。

「我只好自己側身跑出來，不管車了，不然怎麼辦？」芸奶奶說。

「最近有好多怪人噢！」我說。

芸奶奶笑了，她說：「不曉得別人怎麼看我們？也許他們覺得我們才是怪人。」

我沉默了，說得也是。我也有我怪的地方，不是嗎？

當你老了

只要有消息，知道你在，或許在世界的那一頭，或許早已忘記了我，忘記了所有的過往，但只要有風，風吹過來你的消息，那便是我的快樂了。

我很喜歡這首歌〈當你老了〉！

「當你老了，頭髮白了，睡意昏沉……」。的確，不容我認為我還不老，頭髮就是明證。最初，在黑髮中有一抹白銀，看起來挺有型的，和別人談起，還鬧著說笑：「我這可是挑染的噢！」漸漸地，這裡一抹，那裡一撮，黑色的版圖漸漸失守，白色，最終占領了山頭。

「當你老了，走不動了，爐火旁打盹，回憶青春……」。寫歌的或許是北方人，認為在爐火旁打盹是理所當然的，他不知道，南方人不需要爐火，什麼都不需要，他可以在沙發上打盹，可以在電視前打盹，甚至在電腦前也睡意昏沉……。

沒有特定的地點，隨地可睡，也隨時有青春的過去，竄到自己面前。

好年輕的自己！騎著從後面跨坐的自行車，天天來往於家和工作的地點。

好年輕的自己！歡笑地接受男孩的好意，教從沒拿過羽球拍的自己打球，在操場上練習接球，接不到也歡笑，接到了更是笑聲連連……。

年輕的自己，上完夜校的課，和那個細狹眼睛的男孩一起騎著車回家，在夜風中笑談課堂上的趣事。

年輕的自己，並不知道別人的心意，以為一切的一切都是自然的。

教妳打羽球的男孩，殷切地把妳和妳的好友一起邀請到他家去，準備了極為豐盛的餐點，全家笑吟吟地歡迎妳，妳卻以為他們天生熱情，喜歡見年輕人，喜歡常和自己子侄玩在一起的女孩。

那個常教妳日文單字的胖男孩；那個常在課堂上遞紙條給妳，似乎對功課特別用功的高個子男生。人家對妳的好，妳一概接受。青春年華的妳，一絲也沒有起過疑心，認為人家對妳的好是理所當然的，每個人都應該這樣對妳，不是嗎？

是的，人人都對妳好，只有一個人不然，他不只是對妳好，他對每一個女孩都好，他不只是對妳笑，他對每一個人都友善地笑，於是，妳嚐到了酸澀。

但是青春仍是美的，妳步入了禮堂，妳孕育了可愛的小生命，妳有了疼愛妳的夫君，妳過著順遂的日子，忘了曾經傷過誰的心。

「當你老了，眼眉低垂，燈火昏黃不定……」。真正的老留駐在努力過、奮鬥過、護衛過的身體上了，漸漸地走不動了，漸漸地眼眉低垂了。

老了才知道回顧過去，童年的那個玩伴，他怎麼了？怎麼很久沒有消息了呢？那個常傳紙條給妳的男孩，在異國多年，應該也老去了吧！他會在夢裡想家嗎？

老了、老了，在老去的心裡，幸好還有一塊柔軟的地方，偶爾會想起過去的事，過去的他們，想起自己許多的不是。

「當你老了……風吹過來，你的消息，這就是我心裡的歌。」

是呀，我老了，你也老了，臉上都有了歲月的痕跡，身體多少有些不適，動作也不如從前了。我們各自被侷限在自己的家裡，侷限在自己的身體裡。不復相見，但仍然希望聽到你的消息。只要有人提到XX如何、XX如何，都是好的。只要有消息，知道你在，或許在世界的那一頭，或許早已忘記了我，忘記了所有的過往，但只要有風，風吹過來你的消息，那便是我的快樂了。尤其，當聽聞某人二次中風而逝，某某衰弱無法言語時，唯一能讓人快樂欣慰的是，「你」在、「他」在，雖然我們彼此也許無法聯繫，但能有你們的消息，就是好的。

愛唱歌的我，垂垂老矣，不能像年輕時那般引吭高歌了，但我心中仍然有歌。因為聽到「你」、「妳」、「他」、「她」的消息從風中傳來，我的心中因此有了旋律。「風吹過來，你的消息，這就是我心裡的歌」。真是寫盡了老來的我的心情。

是的，不需要相見，不需要什麼電話寒暄，你老了、我老了，耳朵都不好了，腦筋也糊塗了，要談天，不知道從何談起，但是，心裡是清楚的：真好，他有消息，他還在。其他的人呢？陸爺呢？杜老呢？哪一天突然聽到他們的消息，啊！那真是我心裡的歌了。

大齡人生06

還不錯的老後——他們這樣過生活

一群人的老後3

作　　者　黃育清
策　　畫　好室書品
特約編輯　傅安沛、陳靜惠
封面設計　白日設計
內頁排版　洪志杰

發 行 人　程顯灝
總 編 輯　呂增娣
主　　編　徐詩淵
編　　輯　林憶欣、黃莛勻、林宜靜、鍾宜芳
美術主編　劉錦堂
美術編輯　黃珮瑜
行銷總監　呂增慧
資深行銷　謝儀方、吳孟蓉
發 行 部　侯莉莉
財 務 部　許麗娟、陳美齡
印　　務　許丁財

出 版 者　四塊玉文創有限公司
總 代 理　三友圖書有限公司
地　　址　一〇六台北市安和路二段二一三號四樓
電　　話　(02) 2377-4155
傳　　真　(02) 2377-4355
電子郵件　service@sanyau.com.tw
郵政劃撥　05844889 三友圖書有限公司

總 經 銷　大和書報圖書股份有限公司
地　　址　新北市新莊區五工五路二號
電　　話　(02) 8990-2588
傳　　真　(02) 2299-7900

印刷製版　卡樂彩色製版印刷有限公司

初　　版　二〇一九年三月
定　　價　新台幣三〇〇元
ＩＳＢＮ　978-957-8587-62-5（平裝）

國家圖書館出版品預行編目 (CIP) 資料

還不錯的老後：他們這樣過生活，一群人的老後3 / 黃育清著. -- 初版. -- 台北市：四塊玉文創, 2019.03
面；　公分. -- (大齡人生；6)
ISBN 978-957-8587-62-5(平裝)

855　　108002239

廣告回函
台北郵局登記證
台北廣字第2780號

地址：　　　縣/市　　　鄉/鎮/市/區　　　路/街

段　　巷　　弄　　號　　樓

SANYAU

三友圖書有限公司 收

SANYAU PUBLISHING CO., LTD.

106　台北市安和路2段213號4樓

SANYAU

三友圖書

讀書俱樂部

「填妥本回函，寄回本社」，即可免費獲得好好刊。

四塊玉文創╳橘子文化╳食為天文創╳旗林文化

http://www.ju-zi.com.tw

https://www.facebook.com/comehomelife

親愛的讀者：

感謝您購買《還不錯的老後——他們這樣過生活〉一群人的老後 3》一書，為感謝您對本書的支持與愛護，只要填妥本回函，並寄回本社，即可成為三友圖書會員，將定期提供新書資訊及各種優惠給您。

姓名＿＿＿＿＿＿＿＿ 出生年月日＿＿＿＿＿＿＿＿

電話＿＿＿＿＿＿＿＿ E-mail＿＿＿＿＿＿＿＿

通訊地址＿＿＿＿＿＿＿＿

臉書帳號＿＿＿＿＿＿＿＿

部落格名稱＿＿＿＿＿＿＿＿

1 年齡
□ 18 歲以下 □ 19 歲～ 25 歲 □ 26 歲～ 35 歲 □ 36 歲～ 45 歲 □ 46 歲～ 55 歲
□ 56 歲～ 65 歲 □ 66 歲～ 75 歲 □ 76 歲～ 85 歲 □ 86 歲以上

2 職業
□軍公教 □工 □商 □自由業 □服務業 □農林漁牧業 □家管 □學生
□其他＿＿＿＿＿＿＿＿

3 您從何處購得本書？
□博客來 □金石堂網書 □讀冊 □誠品網書 □其他＿＿＿＿＿＿＿＿
□實體書店＿＿＿＿＿＿＿＿

4 您從何處得知本書？
□博客來 □金石堂網書 □讀冊 □誠品網書 □其他＿＿＿＿＿＿＿＿
□實體書店＿＿＿＿＿＿＿＿
□ FB（四塊玉文創 / 橘子文化 / 食為天文創 三友圖書－微胖男女編輯社）
□好好刊（雙月刊） □朋友推薦 □廣播媒體

5 您購買本書的因素有哪些？（可複選）
□作者 □內容 □圖片 □版面編排 □其他＿＿＿＿＿＿＿＿

6 您覺得本書的封面設計如何？
□非常滿意 □滿意 □普通 □很差 □其他＿＿＿＿＿＿＿＿

7 非常感謝您購買此書，您還對哪些主題有興趣？（可複選）
□中西食譜 □點心烘焙 □飲品類 □旅遊 □養生保健 □瘦身美妝 □手作 □寵物
□商業理財 □心靈療癒 □小說 □其他＿＿＿＿＿＿＿＿

8 您每個月的購書預算為多少金額？
□ 1,000 元以下 □ 1,001 ～ 2,000 元 □ 2,001 ～ 3,000 元 □ 3,001 ～ 4,000 元
□ 4,001 ～ 5,000 元 □ 5,001 元以上

9 若出版的書籍搭配贈品活動，您比較喜歡哪一類型的贈品？（可選 2 種）
□食品調味類 □鍋具類 □家電用品類 □書籍類 □生活用品類 □ DIY 手作類
□交通票券類 □展演活動票券類

10 您認為本書尚需改進之處？以及對我們的意見？
＿＿＿＿＿＿＿＿

感謝您的填寫，

您寶貴的建議是我們進步的動力！